U0749871

浙江师范大学非洲研究文库
非洲人文经典译丛
总主编 洪 明 刘鸿武
副总主编 胡美馨 汪 琳

一封
如此长的信

Une si longue lettre

Mariama Bâ

［塞内加尔］玛利亚玛·芭 著

汪 琳 译

浙江工商大学出版社 杭州
ZHEJIANG GONGSHANG UNIVERSITY PRESS

图字：11-2017-355号

图书在版编目(CIP)数据

　　一封如此长的信 / (塞内加尔)玛利亚玛·芭著;汪琳译. —杭州:浙江工商大学出版社, 2019.1

　　(非洲人文经典译丛 / 洪明,刘鸿武主编)

　　书名原文:*Une si longue lettre*

　　ISBN 978-7-5178-2614-9

　　Ⅰ.①一… Ⅱ.①玛… ②汪… Ⅲ.①长篇小说—塞内加尔—现代 Ⅳ.①I434.45

　　中国版本图书馆 CIP 数据核字(2018)第033336号

ⓒ N. E. A. S.

Titre de l'édition originale:«Une si longue lettre»

publiée par N. E. A. S.

一封如此长的信

YIFENG RUCICHANG DE XIN

[塞内加尔]玛利亚玛·芭 著

汪　琳 译

出 品 人	鲍观明
策划编辑	罗丁瑞
责任编辑	罗丁瑞
封面设计	林朦朦
封面插画	张儒赫　周学敏
责任印制	包建辉
出版发行	浙江工商大学出版社 (杭州市教工路198号　邮政编码310012) (E-mail:zjgsupress@163.com) (网址:http://www.zjgsupress.com) 电话:057188904980,88831806(传真)
排　　版	杭州朝曦图文设计有限公司
印　　刷	杭州五象印务有限公司
开　　本	880mm×1230mm　1/32
印　　张	4.75
字　　数	89千
版 印 次	2019年1月第1版　2019年1月第1次印刷
书　　号	ISBN 978-7-5178-2614-9
定　　价	25.00元

"非洲人文经典译丛"
编委会

　　本书的版权购买、翻译出版获浙江师范大学外国语学院学科建设经费、浙江省"2011协同创新中心"非洲研究与中非合作协同创新中心支持。

　　本书为2018年度浙江省哲学社会科学规划重点课题《非洲文学在中国的译介研究》（项目编号18NDJC039Z）的阶段性成果。

总　序

　　非洲文学作为世界文学的重要组成部分，既拥有灿烂的口头文明，又不乏杰出的书面文学，是非洲不同群体的集体欲望与自我想象的凝结。非洲是个多民族地区，每个民族都有自己的语言。仅西非的主要语言就多达100多种，各地土语尚未包括在内。其中绝大多数语言没有形成书面形式，非洲口头文学通过民众和职业演唱艺人"格里奥"世代相传，内容包罗万象，涵盖神话传说、寓言童话、民间故事、历史传说等，直到今天依然保持活力。学界一般认为非洲现代文学诞生于19世纪末20世纪初，五六十年代臻于成熟，七八十年代形成百花齐放的局面，迎来了非洲文学繁荣期。这一时期的一大特点是欧洲语言（英语、法语、葡萄牙语等）与非洲本土语言（阿拉伯语、斯瓦希里语、豪萨语、阿非利卡语、奔巴语、修纳语、默里纳语、克里奥尔语等）文学并存，有的作家同时用两种语言写作。用欧洲语言写作是为了让世界听到非洲的声音，用本土语言写作是为了继承和发扬非洲本土文化。无论使用何种语言创作，非洲的知识分子奋笔疾书，向世界读者展现属于非洲人民自己的生活、文化与斗争。研究非洲文学，就是去认识非洲人民的生活历程、生命体验、情感结构，认识西方文化的镜像投射，认识第三世界文学、东方文学等世界经验的个体表述。

20世纪末，世界各地的图书出版业推出各区域、各语种"最伟大的100本书"，如美国现代文库曾推出"20世纪最伟大的100部英语作品"，但是其中仅3部为非裔美国人所创作，且没有一位来自非洲本土。即便是获得20世纪诺贝尔文学奖的非洲作家也榜上无名。在过去百年中，非洲作家用不同的语言，以不同的形式和风格，创作了不同主题的作品。尽管这些作品被翻译成多种语言在世界各国出版，但世界对于非洲文学的独创性及其作品仍是认知寥寥，遑论予其应有的认可。在此背景下，在出生于肯尼亚、现任纽约州立大学宾汉姆顿分校全球文化研究所所长的阿里·马兹瑞（Ali Mazrui）教授的推动下，评选"20世纪非洲百部经典"的计划顺势而出。津巴布韦国际书展与非洲出版网络、泛非书商联盟、泛非作家联盟合作，由来自13个非洲国家的16名文学研究专家组成的评委会从1521部提名作品中精选出"百部"经典，于2002年在加纳公布了最终名单。这可以说是迄今为止最权威的、由非洲人自己评选出来的非洲经典作品名单。

　　细读这一"百部"名单，我们发现其中译成中文的作品只有
20余部，其中6部为诺贝尔文学奖获得者所著，11部在20世纪80
年代（含）之前出版。许多在非洲极具影响力的作家不为中国读
者所知，其作品没有中文译本，也没有相关研究成果。相对欧美
文学、东亚文学，甚至南美文学，非洲文学在我国的译介与传播
远远不足。

　　非洲文学在我国的译介历史可追溯至晚清，但直到20世纪50
年代才真正起步。这既有文化方面的原因，也有政治方面的原因。
非洲虽然拥有悠久的口头文学历史，但书面文学直到殖民文化普
及才得以大量面世。书面文学起步晚，成熟自然也晚，在我国的
译介则更晚。中华人民共和国成立以后，非洲国家逐渐摆脱殖民
枷锁，中非国家建交与领导人互访等外交往来带动了上世纪五六
十年代的非洲文学翻译热潮。当时译入的大部分作品是揭露殖民
者罪恶的反殖民小说或者诗歌，这和我国当时的意识形态宣传需
求紧密相关。70年代出现了一段沉寂。自80年代起，非洲数位作
家获诺贝尔奖、布克奖、龚古尔奖等国际文学奖，此后，非洲英
语文学、埃及文学逐渐成为非洲文学译介的重心。进入90年代以
来，我国学界开始从真正意义上关注非洲文学的自身表现力，关
注非洲作家如何表达非洲人民在文化身份、种族隔离、两性关系、
婚姻与家庭等方面的诉求。非洲文学研究渐有增长，但非洲文学
译介却始终不温不火，甚至出现近30年间仅有2部非洲法语文学

中译本的奇特现象。此外，我国的非洲文学译介所涉及的语种也不均衡。英语、阿拉伯语文学的译介多于法语、葡语文学，受非洲土语人才缺乏的局限，我国鲜有非洲本土语言创作的作品译本。因此，尽管非洲文学进入中国已有数十年，读者对其仍较为陌生，"非洲文学之父"阿契贝在我国的知名度也远不及拉美的马尔克斯、博尔赫斯。

不了解非洲文学，就无法深入理解非洲文化，无法深入开展中非文化交流。2015年初，浙江师范大学外国语学院策划了"20世纪非洲百部经典"译介工程，并计划经由翻译工作，深入解读文本，开辟"非洲文学研究"这一新的学科发展方向。经过认真研讨、论证，学院很快成立了"非洲人文经典译丛学术组"，协同我校非洲研究院，联合国内其他高校与研究机构，组织精干力量，着手设计非洲人文经典作品的译介与研究方案。学院决定首先组织力量围绕"20世纪非洲百部经典"撰写作家作品综述集，同时，邀请国内外学者开办非洲文学研究论坛，引导学术组成员开展非洲经典研读，为译介与研究工作打好基础。

2016年5月，由我院鲍秀文教授、汪琳博士主编的近33万字的《20世纪非洲名家名著导论》出版。这是30余位学者近一年协同攻关的集体智慧结晶，集中介绍了14个非洲国家的30位作家，涉及文学、社会学、人类学、民俗学、哲学等领域。同年5月，学院主办了以"从传统到未来：在文学世界里认识非洲"为主题的

"2016 全国非洲文学研究高端论坛"，60 余名中外代表参会。在本次会议上，我们成立了"浙江师范大学非洲文学研究中心"——这也是国内高校第一个专门从事非洲文学研究的研究机构。中心成员包括校内外对非洲文学研究有浓厚兴趣且在该领域发表过文章或出版过译作的 40 余位教师，聘任国内外 10 位专家为学术顾问，旨在开展走在前沿的非洲文学研究，建设非洲文学译介与研究智库，推进国内非洲文学研究模式创新与学科发展。

　　与此同时，我们从百部经典名单中剔除已经出版过中译本的、用非洲生僻语言编写的，以及目前很难找到原文本的作品，计划精选 40 余部作品进行翻译，涉及英语、法语、阿拉伯语、葡萄牙语与斯瓦希里语等多个语种，将翻译任务落实给校内外学者。然而，译介工程一开始就遇到各种意想不到的困难。仅在购买原作版权这一环节中，就遇到各种挑战。我们在联系版权所属的出版社、版权代理或作者本人时，有的无法联系到版权方，有的由于战乱、移居、死后继承等原因导致版权归属不明，还有的作品遭到版权方拒绝或索要高价。挑战迭出，使该译介工程似乎成了"不可能完成的任务"。但我们抱着"20 世纪非洲百部经典值得译介给中国读者"的信念，坚持不懈，多方寻找渠道联系版权，向对方表达我们向中国读者介绍非洲文学和文化的真诚愿望。渐渐地，我们闯过一个又一个看似不可能闯过的难关，签下一份又一份版权合同，打赢了版权联系攻坚战。然而当团队成员着手翻译时，着实感受到了第二场攻坚战之艰难。不同于大家相对较为熟悉的欧美文学作品，中国读者对非洲文学迄今仍相当陌生，给翻译工作带来巨大挑战。在正式翻译之前，每位译者都查阅了大量的资料，部分译者还远赴非洲相关国家实地调研。我们充分发挥学校的非洲研究优势，与原著作者所在国家的学者、留学生，或研究该国的非洲问题专家合作，不放过任何一个疑惑。译介团队成员在交流时曾戏称，自己在翻译时几乎可以将作品内容想象成电影情节在脑海里播放。尽管所费心血不知几何，但我们清楚翻译从来都不可能尽善尽美，译文如有差错或不当之处，我们诚挚邀请广大读者匡正，以求真务实，共同进步。

在中非合作越来越紧密的今天，人文领域的相互理解也变得越来越迫切，需要双方学者进行全方位、多角度、深层次的系统研究。我们希望在中国文化走向非洲的过程中，也将非洲经典作品引介给中国读者。丛书的出版得到了浙江师范大学非洲研究院的大力支持，长江学者、院长刘鸿武教授是国内非洲研究领域的领军学者，对本项目的设计、推进提供了十分重要的指导意见，王珩书记也持续关心工作的进展。杭州电子科技大学非洲及非裔文学研究院院长谭惠娟教授在本项目设计之初就给出了宝贵的指导意见。借此机会，我代表学院向他们一并表示衷心的感谢！

"非洲人文经典译丛"的出版是我们在非洲文学文化研究的学术道路上迈出的第一步。随着我们对非洲人文经典作品的译介和研究的深入，今后将会有更多更好的成果与读者见面。谨希望这套丛书能够为中国读者了解非洲文化、促进中非人文交流尽一份绵薄之力。

浙江师范大学外国语学院院长

洪　明

2017 年 12 月于金华

献给阿碧芭杜·尼昂，你善良又不失严厉，分享我的悲喜

献给阿奈特·戴尔内维尔，你睿智又不失温情

献给所有心怀美好的男女

人物表（按出场顺序）

我（拉玛杜莱）：主人公

阿伊萨杜：拉玛杜莱从小到大的好友

莫多·法勒：拉玛杜莱的丈夫，后娶第二个妻子

马沃多·芭：阿伊萨杜的丈夫，莫多的好友，后因娶第二个妻子
与阿伊萨杜离婚

岳母女士：莫多第二个妻子比娜图的母亲，原文如此称呼

法蒂姆：拉玛杜莱的妹妹

比娜图：莫多的第二个妻子，达芭的同学

唐希尔：莫多的哥哥

阿布杜：拉玛杜莱的女婿，达芭的丈夫

达芭：拉玛杜莱的大女儿，比娜图的同学

达乌达·狄昂：拉玛杜莱年轻时的追求者

娜布婶婶：原名赛娜布·迪乌夫，马沃多的母亲

法勒巴·迪乌夫：娜布婶婶的弟弟

小娜布：马沃多·芭的第二个妻子

法玛塔：拉玛杜莱的邻居，也是一名格里奥

雅克琳娜：桑巴·迪亚克的妻子，科特迪瓦人

桑巴·迪亚克：马沃多·芭的医学院同学，雅克琳娜的丈夫

马沃多：拉玛杜莱的儿子

阿米娜塔：达乌达·狄昂的妻子

乌斯曼：拉玛杜莱最小的儿子

阿伊萨杜：拉玛杜莱的二女儿，与其好友同名

乌玛尔：拉玛杜莱的儿子

阿米娜塔、阿瓦：拉玛杜莱的双胞胎女儿

阿哈姆、雅欣、迪耶娜巴：拉玛杜莱的三个女儿，经常一起活动

阿里乌那、马利克：拉玛杜莱的两个儿子

易卜拉依玛·萨勒：简称伊巴，拉玛杜莱的二女儿阿伊萨杜的

　　爱人

目　录

第一章

伤　逝

阿伊萨杜：

　　来信收悉。为了给你回信，我翻开了这个本子。在这六神无主的时刻，写信能给我力量。我们彼此间长久的友谊已经印证了一条真理：倾诉可以使人遗忘痛苦。

　　你出现在我的生命里并非偶然。我们的祖母是邻居，她们的家之间只隔着一块"塔帕德"①，她们每日都要聊天、交流信息。我们的母亲相互抱怨看管弟妹的差事。我们俩则上同一所学校，走同一条石子路，一起用坏无数缠腰布②，穿坏无数凉鞋。我们在

---

　　① 塔帕德（tapade）：非洲传统的家庭农业田，专由女性打理，使用食物残渣或粪便做肥。

　　② 缠腰布是非洲传统服饰，常用棉质蜡染布制作，用于缠在腰部，通常长到膝盖，有时长到小腿中部。

同一个洞里埋下乳牙，祈求鼠仙让自己变得更美丽。

如果说现实中梦想随着岁月的推移而逐渐破灭，我们的回忆却始终停留在我的脑海里，珍贵无比。

你可还记得？——过去的回忆带来情感的汹涌。我闭上眼，感知如潮水般袭来：炎热与晕眩、嘴里的甜美、青芒的微辛、轮流的啃咬。我闭上眼，图像如潮水般袭来：你母亲离开厨房，赭色的脸上布满汗珠；女孩们从水井边归来，浑身湿透，三五成群结伴聊天。

我们俩从小到大走的都是同样的路，路上铺满过往的回忆。

朋友，朋友，朋友！我叫你三次。[①]昨天，你离了婚。今天，我成了寡妇。

莫多死了，我不知从何说起。我们无法预知命运。命运在既定的时刻到来，带走所选之人。命运会迎合你的期许，带来圆满与感动。可更多的时候，命运会打破平衡，带来伤害，我们只能忍受。那天，命运用一通电话颠覆了我的人生。

出租车！快！再快点！嗓子干得要命，心脏几乎停止跳动。快！再快点！终于，医院！脓水和酒精的混合气味。医院！扭曲的脸。不管我认不认识，在场的人都神情哀伤，见证这出残酷的悲剧。走廊在拉长，不断地拉长。尽头，一间病房。房间里，一

---

①呼喊三次表明即将谈论的话题很重要。

张床。床上，躺着莫多，已经离开人世，一块白布覆盖全身。一只手伸出来，颤抖着缓缓拉开白布。一件细条纹的蓝色衬衫胡乱掩盖着毛茸茸的胸膛，再也不会起伏的胸膛。这张还带有痛苦与惊惶神情的脸庞是他的，这微秃的额头是他的，这半张的嘴也是他的。我想抓住他的手，却被人带走。我听见他的医生朋友马沃多向我解释：当时他正在办公室口述一封信，突发心肌梗死，秘书即刻给马沃多打了电话。马沃多称自己和救护车赶到时，已经无力回天。我心想：死神比医生早一步降临。马沃多称自己做了心肺复苏和人工呼吸，但没有任何作用。我又想：面对死神的旨意，这都是可笑的无用功。

我感觉到一种奇特而又神圣的氛围：我能听见旁人在说话，自己却好像被隔绝开来。死亡是一条通道，连接了两个相反的世界，一个嘈杂，一个寂静。

我能在何处休息？我的身体勉强还能维持住尊严。我急切地一颗颗拨动手里的念珠，尽管双腿绵软，却仍坚持挺立。我的腰传来阵阵紧缩感，就像分娩时一样。

我的脑海中掠过生命的片段、大段的《古兰经》经文，间或听到旁人的安慰。

马沃多说：出生是喜悦的奇迹，死亡是悲伤的奇迹。在两者之间，是人生，是命运。

我注视着马沃多。他穿着白大褂，看上去比平常要高大一些，也消瘦一些。他湿润红肿的眼眶见证了他与莫多四十年的友谊。我注视着他的手。这双手有着高贵的美感、绝对的细致。这双灵巧的手能解除病人的痛苦。这双手在友谊与科学的驱使下奋力挥舞，却最终没能挽救主人的朋友。

第二章

葬　礼

阿伊萨杜，莫多·法勒真的去世了。人们得知了消息，络绎不绝地到访，我周围是各种悲泣。这种气氛极端紧张，加剧了我的痛苦，而且一直持续到第二天的葬礼。

人们从广播中得知讣告，从全国各地赶来，汇成熙熙攘攘的人流。

亲戚中一些关系近的妇女忙碌着。她们要把熏香、古龙水、棉布等葬礼用品带到医院。七米长的白色细棉布被小心地放在一个新篮子里，这是穆斯林去世时唯一允许穿裹的东西。她们也没忘了带上渗渗泉①水，每家都虔诚地保存着这种来自麦加的圣水。

---

① 渗渗泉（Zamzam）：沙特阿拉伯麦加圣寺内克尔白殿东南侧一眼清泉，渗渗泉水被奉为伊斯兰教的圣水。穆斯林认为渗渗泉水福泽无限，至麦加朝觐时不仅开怀畅饮该泉水，还常带回家乡作为珍贵礼品馈赠亲友。

她们还带上了价格不菲的暗色布料，用来盖住莫多全身。

我头上围着黑布，背后垫着抱枕，伸直了腿，看着人们来来往往。我面前放着一个新篓，专为葬礼购置，用来接收奠仪。莫多的第二个妻子就坐在旁边，这让我心气难平。根据习俗，葬礼上我得和她坐在一块。随着时间的流逝，她的脸颊逐渐凹陷，神色愈加黯淡。那双美丽的大眼睛在眨动之间掩盖了主人的秘密，也许还有悔恨。在本应欢笑，本应无忧无虑，本应沉浸在爱河中的年纪，这个孩子却满心悲伤。

男人们开着车，有的是公务车，有的是私家车，还有的是大巴、轻卡或摩托车，组成一条长长的车队，护送莫多到他最后安息的地方（出殡队伍的规模在很长一段时间内都会是人们的谈资）。我和莫多的第二个妻子站在一个临时搭建的细布帐篷里，由妯娌们除去我们俩的头饰。与此同时，其他妇女已经知道流程，起身往帐篷顶上扔小硬币，意为驱走厄运。

这是所有塞内加尔女人最害怕的时刻。因为，她要自己出钱为公婆家购买礼物。更糟糕的是，除了钱财之外，她还有可能失去自己的人格与尊严，变成一件物品，不仅要服务于丈夫，还要服务于他的祖父、祖母、父亲、母亲、兄弟姐妹、叔伯姨婶，甚至他的朋友。她别无他法，如果她吝啬、不忠诚或不好客，妯娌就绝不会在葬礼上触碰她的脑袋。

我们俩平时已经做到极致，因此今天的葬礼上有对我们歇斯底里的歌颂吟唱。我们面对一切考验的耐心、我们的宽容、我们送出去的礼物，都在今天得到了证明与回报。我公婆家的女人们用相同的态度对待三十年的婚姻和五年的婚姻，用同样的歌词来颂扬十二个孩子的生育和三个孩子的生育。莫多的新岳母还在那要求一切同等的待遇，我心中怒气横生。

男人们从墓地回来，先在门口的水盆里净手，然后排队来看望我们——被亲戚围着的两个寡妇。他们用各种赞词表达对逝者的吊唁：

"莫多，是所有人的朋友……"

"莫多，有狮子般的心，为受压迫的人民代言……"

"莫多，不管穿西装还是长袍，都自在无比……"

"莫多，一个好兄弟、好丈夫、好教徒……"

"愿真主保佑他……"

"愿他在天堂的幸福能帮助他忘却尘世的旅途……"

"愿他早登永恒之园！"

他们都来了，他童年时的伙伴，一起踢过球、打过鸟的伙伴。他们都来了，他的同学们。他们都来了，他的工会战友们。

人们纷纷说着"西归尔恩迪加尔"①，声声让人心碎。每人都

---

① 西归尔恩迪加尔（Siguil Ndigale）：安慰语，祝重新振作精神。

可以得到一份精心搭配的饼干、糖果与可乐果①，这是第一批祭品，保佑逝者的灵魂能早日安息。

---

① 可乐果（cola）：其种子含咖啡碱的含量比咖啡种子的含量还高，初时黄白色，成熟时红色。非洲人将其在口中咀嚼，作为兴奋剂和疲劳恢复剂。

第三章

礼　金

第三天，还是人来人往，朋友、亲戚、穷人、陌生人。死者的名气大，来的人也多。到处都是嗡嗡声，家里已经混乱不堪。所有能偷的都被偷走，所有能坏的也坏个精光。各种各样的席子散落一地。为葬礼而租的铁质椅子也在阳光下晒得发蓝。

令人欣慰的是，开始念诵《古兰经》了。经文包含先知的话语、真主的劝诫，说你会因言行得到惩罚或无上快乐；经文也劝人向善，警惕恶行，赞扬谦恭与守信。每段经文的最后，人们都会狂热地齐声说"阿门"。我感觉阵阵发冷，泪流不止，只是跟随众人轻声说"阿门"。

拉克①在葫芦碗里变热，散发出刺激的香味。大盘大盘的红米

---

① 拉克（lakh）：塞内加尔传统菜肴。将黍米粉在葫芦碗里加水揉搓成小团，在水里煮熟后，伴凝乳食用。

饭或白米饭被络绎不绝地端进来，都是在家里或邻居家就近做的。饮料是塑料杯盛装的果汁、水或冰凝乳。男人们都默默吃着，似乎脑海中还印刻着那包裹好的僵直躯体，那刚刚被他们小心地送进墓穴的躯体。

女人们这边却是喧闹震天：她们放声大笑，高声说话，拍掌惊叫。有些朋友已经多时未见，笑闹着互相拥抱。有人谈论着市场上新出的布料，有人炫耀着自己的缠腰布。大家七嘴八舌，连说带笑，参与到各种话题中。这边欣赏着裙子，那边又感叹用散沫花在手脚上绘图的独特手法。

时不时有男人提醒大家注意聚会的场合，这可是一场纪念逝者的葬礼。但安静不了片刻，嘈杂声又起，甚至愈演愈烈。

到了晚上，葬礼上最让人难以应付的环节来了。人越聚越多，为了看得更清楚，听得更仔细，大家推推搡搡。按照血缘关系、街区、单位，人们都分别出了礼金。以前，大家只给实物：黍米、牲畜、大米、面粉、油、糖、牛奶等。今天，大家都在众目睽睽之下给钱，谁也不想比别人给得少。本来内心的情感无法量化，只是通过外物稍作表达，现在却赤裸裸地用金钱来衡量了！我心想：如果在举办盛大的葬礼之前，亲戚朋友能支付医药的费用，会有多少人能避免死亡，存活下来呢？

礼金被仔细地登记在册，下次遇到别家类似的场合要原数奉还。莫多的父母记了一个本子。莫多的第二个岳母和她的女儿记了一个本子。我妹妹法蒂姆也准备了一个活页本，详细地记下了我这边亲友的礼金数。

我出身于这座城市的一个大家族，在各行各业都有熟人；自己又是小学老师，和很多家长保持良好的关系；再加上和莫多已经成婚三十年，因此我收到了数不清的礼包，金额也是最高的，旁人对我肃然起敬。岳母女士颇为恼怒，得益于她女儿与莫多的婚姻，她刚刚步入城市资产阶级的行列。虽然她们也收到了一些礼金，却不能与我相比。她的女儿在旁边一言不发，神情惊恐，似乎与周围的一切格格不入。

莫多的姐妹们唤醒了她。她们走过来，商量好要给我们二十万法郎的置装费①，这可谓是一笔巨款。昨天，她们还为我们提供了可口的提亚克里②。法勒家族的女格里奥③对于从母亲那传承下来的身份相当自豪，高声喊道："父方十万法郎，母方十万法郎。"

她一张张地数完了钱，先向大家展示了一番花花绿绿的纸币，这才说道："法勒家族的荣耀数不胜数，你们是达美乐·马迪奥迪

---

① 在塞内加尔，寡妇的葬礼置装费由丈夫的姐妹提供。

② 提亚克里（thiakry）：一种饮料，混合了甜凝乳和黍米粉，用蒸汽蒸熟后饮用。

③ 格里奥（griot，griote）：撒哈拉以南非洲世代相传的对诗人、口头文学家、艺术家和琴师的总称。古代时，格里奥一部分进入宫廷，担任相当于国王、贵族的史官、顾问、传话人的职务；另外一部分为行吟艺人，带着简单的乐器周游四方，传授知识。现在的格里奥主要在大家族举行活动时，为其吟唱历史，歌颂先祖，传扬功绩。

奥的子孙，你们继承了尊贵的血脉。然而今天，你们当中的一位离开了人世。今天是悲伤的日子。我为你哭泣，莫多。我曾送给莫多一个外号叫'米袋'，因为他常送我一袋米。收下这些钱吧，你们是可敬的孀妇，你们有可敬的丈夫。"

每位遗孀都要将这个金额翻倍，就像莫多的孙子们也应该翻倍一样。只是莫多还没有孙子，就由他兄弟姐妹的孙辈代替。

莫多的家人把一沓沓精心捆扎的礼金都带走了，什么也没给我们留下，在我们最需要物质支持的时候。

亲戚、朋友、格里奥、首饰匠、吟唱的拉奥贝人①依次离开。"再见"声无休无止，令人烦躁。道别不只是一声简单的"再见"，还需要按照宾客的来头，送给他们一枚硬币或是一张纸钞。

人潮渐渐退去，留下汗水和食物混杂的怪味，让人作呕。可乐果的红色汁液星星点点，沾得到处都是。我精心打理的地砖毁于一旦，墙上溅了油点，满地都是纸团。损失惨重的一天！

我视野里出现一个老妇人。她是谁？她从哪里来？她弯着腰，长裙的下摆搭到背上，正拿着塑料袋扫荡剩下的红米饭。她兴奋得双颊放光，可见这一天战果丰盛。也许她想要把战利品带给在瓦卡姆、提亚胡瓦或者皮基尼②的家人。

---

① 拉奥贝人（Laobé）：颇尔族的一支，主要分布在西非的塞内加尔、马里、毛里塔尼亚和几内亚。

② 瓦卡姆、提亚胡瓦、皮基尼（Ouakam, Thiaroye, Pikine）：都是达喀尔的郊区。

她嘴里嘟囔着，露出被可乐果染红的牙齿。直起身来时，她撞上我不赞同的目光，说了句："夫人，死亡和生活一样美丽。"

葬礼过后的第八天和第四十天没什么两样，陆续都有得知消息的人赶来。女人们衣着轻便，包裹出腰臀的曲线，胸衣要么是新买的，要么是旧货店里淘来的，嘴边叼着牙签，披着白色或花色的披肩，散发出浓郁的乳香或是宫钩香①味。我耳边尽是刺耳的嗓音、尖锐的笑声。《古兰经》说第三天，逝者的尸体会肿胀，填满整个墓穴；第八天，尸体会爆炸；第四十天，会变得粉碎！那么为何要举行这些欢乐的宴会？教义规定这些宴会是为了祈求真主的宽容，可有谁是出于关心来到这里？有谁是为了解渴来到这里？有谁是为了抱怨来到这里？有谁是为了怀念来到这里？

这天晚上，比娜图，我丈夫的另一个妻子，终于要回她的别墅了。万幸！

前来吊唁的人持续不断：之前生病的、出门的，或者只是纯粹的懒人也陆续前来，以完成他们神圣的任务。洗礼也许可以缺席，葬礼绝不可以。礼金不管多少，都汇聚到奠仪篓里。

我的隐居生活极为单调，只有每周一和周五可以洗澡并更换丧服。

---

① 宫钩香（gongo）：一种浓烈的香粉。

我希望好好完成自己的任务。因为从小受严苛的宗教教育，我自信不会有什么问题。阻隔我视线四个月零十天的墙壁丝毫不会对我造成困扰，因为我拥有足够的回忆来打发时间。可回忆也正是我所害怕的，因为它们充满苦涩味道。

我应该保持灵魂的绝对纯净，希望回忆不会玷污这份纯净。

明天再聊。

第四章

米 拉 斯

阿伊萨杜，我的朋友，我有没有让你厌烦，因为重述你已经知道的故事？

我从来没有这般认真地观察过，因为从来没有这般身处其中。

今早，在我家客厅举行的家庭会议终于结束了。你应该能猜到出席者都有谁：岳母女士、她的兄弟、她那瘦了一圈的女儿比娜图、莫多的哥哥唐希尔、区清真寺的伊玛目①、马沃多·芭、我女儿达芭和她的丈夫阿布杜。

《古兰经》规定的米拉斯②会揭开逝者隐藏最深的秘密，不管

---

① 伊玛目（Imam）：意为领拜人，引申为学者、领袖、表率、楷模、祈祷主持人，也可理解为伊斯兰法学权威。穆斯林祈祷时，必须遵守伊玛目的指引，按伊玛目的要求完成祈祷仪式。

② 米拉斯（Mirasse）：《古兰经》规定在穆斯林去世后要进行遗产清算，塞内加尔称其为"米拉斯"。

多么精心地掩饰，都会将其公之于众。这些秘密揭露了一个残酷的事实。我惊恐地发现莫多已经背叛到如此程度。他抛弃了他的第一个家庭，抛弃了我和我的孩子们，选择了一种全新的生活，一种没有我们存在的未来。

他去世前已经任职公共事务部的技术参赞，有传言这职位是他阻止了工会暴动而换来的奖赏，可收入抵不上消费的速度。他没留下一分存款，倒有一堆债务：布料、首饰、食物、汽车……

你坐直听好了，为什么只有债务没有存款？比娜图的那套豪华别墅有四个卧室、一粉一蓝两个卫生间、宽敞的客厅，在第二个院子尽头还给岳母女士加盖了一个三室的套间。他给新妻子买的是法国进口家具，给她母亲买的是本地细木家具。

这个寓所及其典雅的家具是通过抵押贷款购置的，抵押的正是我现在所住的这套"法莱那"别墅。虽然别墅归属莫多名下，实际上却是我们俩用共同积蓄所购置的。这简直是欺人太甚！

莫多要为那套别墅每月支付七万五千法郎，贷款还要再还十多年。

凭借他的职务，莫多还轻而易举地借贷了四百万法郎。他用这笔钱送比娜图和岳母女士去麦加朝觐，使其获得了"哈只"①的

---

①哈只（Hadj）：对去过麦加的朝觐者的尊称。理论上，每一个身体健康、经济状况良好的穆斯林，一生中须至少朝觐一次。这个头衔常会一代代传下去，变成姓名的一部分。

尊称。他还让比娜图换了好几辆阿尔法·罗密欧[①]，只要稍有刮擦，就给她换车。

我现在知道为什么莫多要放弃我们的共同账户了。他背后的用意险恶，实则为了在财务上独立出去，方便后续的行动。

为了让比娜图辍学，他还答应每月给她五万法郎的补贴，就像工资一样。小姑娘本来很有天分，想要继续学业，参加高考。可莫多为了保障自己的权威，狡猾地宣称辍学是为了让她免受同伴的指责与嘲笑。为此，他同意了岳母女士提出的所有苛刻条件，甚至签署了一份"协议"，答应每月支付上述金额。此次遗产清算，岳母女士就挥舞着这份"协议"，宣称即便莫多已经去世，也要从遗产中划出这笔每月的补贴。

我的女儿达芭毫不示弱，同样挥舞着一份执达员[②]在她父亲去世当天所做的记录，即比娜图那套别墅里各类物件的详细清单。而她们自己提供的单子上却少了一些物品与家具，要么神秘失踪，要么被偷偷篡改了。

你知道我极度敏感。无论看到哪一方展示的东西，我都完全不觉得开心。

---

① 阿尔法·罗密欧（Alfa Romeo）：意大利著名的轿车与跑车品牌，创建于1910年，总部设在米兰。

② 执达员也称法院执达员，隶属法国司法系统。司法执达员是具有司法助理身份的法院助理人员，主要负责送达诉讼文书、具体执行法院判决等活动，如收取债权，或应个人的申请在没有设立拍卖估价人的地方负责动产物品的公开出售，等等。

/ 第五章

审 视

　　我昨天揭开的内幕也许让你吃惊了吧？

　　疯狂？懦弱？无法抗拒的爱火？究竟为何莫多·法勒会迎娶比娜图？

　　为了将自己从自怨自艾中解脱出来，我试图审视人类的命运。每个生命都蕴藏着一颗英雄主义的种子，可在命运的无情安排下，这颗种子会转变成放弃、让步或接受。

　　全世界的盲人都在黑暗中挣扎，全世界的麻痹症患者都步履艰难，全世界的麻风病人都有截肢风险。

　　你们无法选择。成为命运安排下的受害者，你们不得不叹息。而我的悲哀，来自一个已经去世的人，他已经无法再残忍地操控我的命运。尽管绝望，不幸者也敢于挑战命运。你们让富有者为之艳羡，幸运者为之颤抖。面对旁人的抵触与厌恶，你们就算饥肠辘辘，也敢于拒绝施舍的面包。

你们忍痛吃苦，既不施暴，也不忧虑，你们是真正的英雄，却无法载于史册。你们不管处境多么艰难，也不会扰乱现有的秩序。

你们身体上的缺陷显而易见，心理上的残弱却不为人知。想到你们，我就感谢真主能允许我每天看见天空与大地。如果说今天精神上的疲惫使我的躯体麻木，那么明天，我的身体就可以不治而愈。我自由的双腿能再一次把我带到海边，让我感受海水的温热，拂面微风的清爽，星星与白云的交替。我会舒展，会旋转，会颤抖。噢，健康，停驻在我身上吧！噢，健康……

我的情绪再次低落下来。我想到刚出生的孤儿，想到独臂者的痛苦，想到永远不能看到自己孩子微笑的盲人。我想到更多……可我还是满心失望与愤恨，无穷无尽的悲伤似乎要将我淹没！

疯狂？懦弱？无法抗拒的爱火？究竟为何莫多·法勒会迎娶比娜图？

我曾疯狂地爱过这个男人，曾与他共同生活了三十年，为他孕育了十二个孩子。可他不仅在我的生命里添加了一个竞争者，而且在精神上和物质上都摧毁了我们的过往。他竟然如此忘恩负义……竟然如此。

可是，我究竟是如何成为他妻子的呢？

第六章

相　爱

你还记得吗？那天早上，我们第一次搭火车到本提城，也就是高等师范学校位于赛比科塔的大学城。那天刚下过雨，学生们在鲜绿的草地上庆祝青年节，周围飘荡着班卓琴声，宿舍被改成舞池，大家三五成群聚着聊天，有的在开满天竺葵的路边，有的在枝繁叶茂的枇杷树下。

莫多·法勒，当你在我面前弯下腰，邀请我跳舞的时候，我知道你就是我等的那个人。你有高大健美的身材；你有琥珀色的面庞，这是古老的摩尔族血统的标志；你的相貌巧妙融合了粗犷与精致。最特别的是，你表现得温情蜜意，能猜出我所有的想法、所有的愿望……你的广博更添吸引力，我们因此确定了关系。

我们跳舞的时候，你那时已经微秃的额头贴着我的额头，我们俩的脸上都洋溢着幸福的微笑。你手上的力道放轻，却更具占有欲，我全身都叫嚷着答应你。于是我们成了恋人，一起度过学习生涯和假期。在相处过程中，我渐渐发现了你敏锐的智慧、隐藏的感性、帮助他人的热忱和绝不甘于平庸的野心。在这野心的激励下，你走出校门之后，独自准备了两次大学入学考试。然后，你去了法国，我们通过书信联系。你说自己深居简出，外界的五光十色对你没有多少吸引力，你只是沉浸于这个国家深邃的文化底蕴，及其创造了诸多奇迹的悠久历史。奶白色肌肤的女人不能使你的目光驻留。你在信上写道："在纯粹的生理方面，白种女人比黑种女人多的只是头发和眼睛的颜色。她们的头发在发色、发量、发长与柔软度上的变化更多一些。还有她们的眼睛可能是蓝色或绿色，但通常是新蜜色的。"你感叹没有椰树的摇曳，天空是那么阴郁。你怀念"走廊上轻摆身躯的非洲女人"，这种缓慢的优雅只属于非洲，令你心驰神醉。那里的生活节奏与寒冷天气让你从骨子里不舒服。你总结说要专心学习。你写了一大串温柔的情话，向我保证："我随身带着你的照片，你就是我的守护女神。只要用手碰到照片，我就能感受到你的存在，忘记饥饿与孤独。"

你载誉归来，法学学士！尽管拥有演说家的天赋与口才，但是你不愿做一名光鲜的律师，而是选了一份默默无闻的工作，赚的没那么多，但对祖国的贡献更大。

你的光辉不止于此。你把你的朋友马沃多·芭带到我们的圈子里来，改变了我最好的朋友阿伊萨杜的人生。

　　我不再嘲笑我母亲对你的敬而远之，因为一个母亲凭直觉就知道孩子的幸福究竟在哪里。她曾说作为一个男人，你过于英俊，过于礼貌，过于完美。她常说你的两颗上门牙间的缝隙太大，代表肉欲至上。从那时起，为了分开我们俩，她有什么手段没使过呢？她看厌了你的土黄色校服，总觉得你在我家停留的时间过长。她说你无所事事，因此有足够的时间可以挥霍。而你用这些时间来填满我的大脑，阻隔了其他更好的年轻人。

　　我们是非洲为数不多的现代女性的先行者。男人们指责我们没有判断力，有人将我们视作魔鬼，但也有很多人想要拥有我们。我们曾编织过许多梦，曾徒劳地追求永恒的幸福。这些梦最终都像肥皂泡一样破灭，留下空荡荡的掌心。

第七章

学　校

阿伊萨杜，那个白种女人想要我们的命运"与众不同"，那个女人，我从来没有忘记。还记得我们的学校吧？那绿色、粉色、蓝色、黄色……彩虹般的学校。绿色、蓝色、黄色的鲜花铺满庭院；粉色的宿舍里摆放着无可挑剔的床。我们对学习的热情能使墙壁生辉。晚上，我们齐唱祷歌，满怀期望。至今我都能回想起那微醺的氛围。学校的入学考试面向原法属西非各国，它们今天都已经是独立的共和国。学校里汇聚了各种智慧、品格与风俗习惯。所有人都一样，除非是特别的种族，如达荷美的芳族或几内亚的马林凯族。在这里缔结的友谊经受了时间和距离的考验。我们是真正的姐妹，注定投身于解放事业。

让我们脱离传统、迷信和风俗的桎梏，让我们学会欣赏异域文化之美，同时也不会否定自己的文化；拓宽我们的视野，锻造我们的人格，增强我们的长处，弥补我们的短处，这些就是我们可敬的校长所要完成的任务。"爱"在她身上得到了完美的体现。她爱我们，用一种平等的方式，无论我们梳什么样的辫子，无论我们穿什么样的服饰。她知道如何发现并欣赏我们的优点。

我多么想念她！现在庭院的花不像过去那么香了，思想的成熟也使往昔的美梦褪色，但我对校长的回忆始终未改。因为她为我们所选择的教育与成长之路并非一般，而是与新非洲最深刻的选择息息相关的——她培养了新一代的非洲女性。

我既然挣脱了传统的束缚，能够独立地思考分析，又怎会听从母亲的命令，嫁给达乌达·狄昂呢？他虽然单身，但对于当时才十八岁的我来说还是过于成熟。他在诊所从事非洲医学工作，家境富有，也知道如何从中获利。他的别墅坐落在科尔尼什的一座岩石上，面朝大海，是青年精英的聚会场所。别墅里什么都有，从装满饮料的冰箱到能播放各种音乐的留声机，应有尽有。

达乌达·狄昂知道如何收买人心。他给我母亲送实用品，比如战后物资匮乏时期家里急需的大米，也会给我送一些包装精美的小礼物。但我更喜欢那个总是穿一身土黄色制服的男人。我们结婚时没有嫁妆，也不讲排场。我父亲不赞同我们的结合，母亲既愤怒又失望，姐妹们嘲笑我的选择，所有人都吃惊不已，我几乎听不到什么祝福的声音。

第八章

非　议

马沃多刚从非洲医药学院毕业，你们俩就结婚了。你们的结合招致诸多非议，直到今天城里还有一些不满的传言：

"什么？一个图库勒尔①要和一个首饰匠的女儿结婚？他是昏头了吗？"

"马沃多的母亲可是尊贵的王族血脉。这简直就是当众扇她耳光，让她在丈夫的其他妻子面前抬不起头来（马沃多的父亲已经去世）。"

"他不惜一切也要娶一个'穿短裙'的姑娘，这是堕落的开始啊。"

---

① 图库勒尔（Toucouleur）：说柏尔语的一个西非民族，主要生活在塞内加尔北部（约占当地总人口的33%）、毛里塔尼亚和马里。图库勒尔人曾在10世纪建立塔克鲁尔王国，社会等级由上至下分为贵族、农民和有牛的人、工匠、奴隶。

"学校使女孩变成魔鬼，使男孩走上歧途。"

还有很多类似的话。可马沃多坚定不移。

他对任何愿意倾听的人反驳道："婚姻是一件私人的事。"

他全力融入自己所选择的生活。他去拜访你的父亲，不是去你家里，而是去你父亲工作的地方。每次回来他都兴致勃勃，把你的父亲称为"创造者"，推崇备至。你的父亲每日都与一氧化碳、烟尘及呛人的气味为伍。黄金在他的手下融化、流动、弯曲、压扁、成型、雕镂。马沃多说："你们应该看看他给火炉送风的样子。"生命的气息从肺部而起，通过鼓起的双颊传递给火炉，火苗时红时蓝，时大时小，随着他的意愿和作品的需要变得微弱或旺盛。学徒们伴着粗犷的歌声，有的捶打火苗上的金箔，有的拉送风箱。这幅生动的场景常常吸引路人驻足。

阿伊萨杜，你的父亲熟知金银首饰行业。每个行业都有自己的准则，只有内行人才通晓，然后从父亲到儿子代代相传。你的哥哥们一受过割礼就进入了这个特殊的世界，为全家人谋取生计。

可你的弟弟们呢？他们的脚迈进了白人学校。

在白人学校的知识等级系统中向上晋升需要付出艰苦的努力。

上幼儿园还是奢侈行为，只有富人才会送子女进去。然而学前教育是必要的，能够引导孩子的注意力，培养孩子的鉴别力。

小学要多一些，但也不容易进。因为接纳的人数有限，一大批孩子只能整日在街上游玩。

中学是塑造人格的时期。这个年纪的学生处于青春期，极易受外界的诱惑，比如性、毒品、辍学流浪等。

大学同样会使被拒绝的学生产生绝望等过激的情绪。

那些没有成功的学生怎么办？学生接受粗浅的书本教育后，往往会认为从事传统职业有损名誉。人人都想做职员，无人愿意当瓦匠。

没有工作的人壮大了犯罪的队伍。

铁铺、作坊、鞋店越来越少，难道我们对此可以毫无担忧，反而额手称庆吗？难道我们不是在加速传统手工业精英的消失吗？

这是永恒的辩题，也永远没有答案。用现代来取代传统，必然要付出代价。我们在过去和现在之间无所适从，我们哀悼过去的没落，细数可能的损失。但我们知道，一切都将变得不同。我们怀念过去，又坚定向前。

第九章

我 们

马沃多对你平等相待。他是公主的血脉，你是工匠的后代。母亲的反对并没有使他退缩。

我们俩的命运相似，都经历过婚姻生活中的争吵与让步。我们各自以不同的方式接受来自社会道德的约束，承受来自习俗的压力。我爱莫多，也尽可能地去接受他的家人。我的妯娌们特别喜欢待在我家，让我做饭，服侍她们。孩子们踩着我的沙发跳舞，她们视而不见，还往地上吐痰，然后偷偷用地毯遮住，这些我都忍了下来。

他的母亲会在购物途中带着不同的朋友上门。尽管她压根不住在这儿，却坚持要向朋友们展示自己儿子取得的成就，显示她在这所漂亮房子里的说一不二。我每次都以女皇的规格接待她，总是让她满载而归，送别时还会灵巧地往她手里塞钱。可刚一离开，她心里就已经盘算好下次要带哪一批朋友过来，也让她们大开眼界一番。

莫多的父亲则要体贴得多。他大部分时间坐坐就走，过来只喝杯水，然后祈祷全家平安。

我总是笑脸迎人，把宝贵的时间浪费在无聊的闲谈上。妯娌们以为我根本不用做家务，总是说："毕竟你有两个帮佣啊！"

怎么才能向她们解释清楚呢？职业妇女同样要对家庭负责。如果不亲自参与，家里就会乱套。清扫、做饭、熨烫等，你得监督一切，有时还得亲自重做一遍。你得给孩子洗脸，得照顾丈夫。有工作的女人就有双倍的负担，没有哪样是轻松的，因为你必须想办法协调工作与家庭。可怎么协调呢？这里面的学问大有不同。

有些妯娌并不艳羡我的生活。她们看到我在学校工作繁重，回家还得继续忙碌。与我相比，她们能享受劳作后安逸、放松的精神状态，还有偶尔的休闲时光。与此同时，她们的丈夫要拼命养家，几乎不堪重负。

另一些妯娌没有这么多想法，只是单纯羡慕我拥有舒适的住房，还有钱买自己想要的东西。她们眼馋我房子里的诸多"小玩意"：煤气炉、榨汁机、块糖夹，等等。她们忘记了这一切都是怎么来的：我起得最早，睡得最晚，无时无刻不在工作……

而你呢，阿伊萨杜，你婆家自诩高贵，拒绝与你来往。你因此对我哀叹："你婆家看重你，好好待他们吧。我婆家只会高高在上，守着早就没落的贵族血脉。我能做什么呢？"

马沃多的母亲在谋划她的复仇大业，而我们在过自己的生活。你是否还记得朋友们一起过的圣诞节？每家轮流出场地，几对夫妻一起筹划，共同出资。我们能轻易回想起以前学过的舞步：激烈的比吉纳①、炽热的伦巴、慵懒的探戈。我们找回了原来心跳的感觉。

我们有时也会逃离令人窒息的城市，去呼吸海边纯净的空气。

我们沿着海边前行，达喀尔的海边峭壁是西非最夺人眼球的景色之一，是真正的鬼斧神工。海边的岩石或圆或尖，或黑或赭。有时，在沿岸的葱绿色中，会突然出现一片姹紫嫣红，在碧蓝的天空下恣意怒放。我们的车开上瓦卡姆路，这条路也通往恩格岛，更远一点还能到约夫机场，沿途还会经过通往阿尔马迪海滩的小路。

我们最喜欢流连于恩格岛的海滩，那里的村子就叫恩格村，留着胡子的老渔民会在木棉树下缝补渔网。孩子们光着身子，流着鼻涕，自由自在地玩耍，当然他们最喜欢在海里嬉戏。

海滩上的沙子经过海浪的冲刷变得细腻而湿润。正依次等待下水的独木舟周身涂满油彩，颇有童趣。船体上有一些小水坑，在太阳与天空下反射出耀眼的靛蓝色。

---

① 比吉纳（Biguine）：起源于安的列斯群岛的一种四步舞蹈。

节日时，那里简直人满为患！无数家庭来到海滩上散步，徜徉于纯净空气当中，享受难得的私人空间。人们自然地裸露身体，让温柔的海风与阳光轻拂自己，带走伤痛。有人躺在太阳伞下，什么也不做。一些孩子手里拿着玩具铲和水桶，正搭建或摧毁自己想象中的城堡。

傍晚，辛苦一天的渔民再一次躲过了大海的陷阱，平安返航。一开始只是地平线上的几个黑点，然后越驶越近，轮廓渐渐清晰。小船随着海浪起舞，又被慵懒地送回岸边。渔民们面露喜色，卸下船帆和器具。一些人拧干湿透的衣服，顺便擦擦额头的汗，另一些则忙着收拾新鲜的渔获。

孩子们兴奋地凑上去围观，海鱼奋力跳跃，海鳗则蜷曲着长长的身体。没有比刚出水的鱼更漂亮的了：眼睛清澈而充满活力，金色或银色的鳞片在阳光下亮得发蓝。

渔民用双手快速挑拣、归类、入筐。我们也趁机为度假屋采购了不少食材。

海风带来好心情。我们用所有的感官体会愉悦。无论贫富，人人都陶醉其中。我们仿佛与无垠深邃的自然融为一体，灵魂得到净化。沮丧、忧虑都随风而散，一种圆满与喜悦的情绪油然而生。

我们的精神焕然一新，踏上回家的路。我们知道如何才能简单地获取幸福的秘密：在生活的暴风雨中，这儿就是心灵的庇护所。

你还记得我们在桑卡勒卡姆的野餐吗？就在马沃多从父亲那儿继承来的田里。桑卡勒卡姆一直是遁世之地，达喀尔人借此逃避城市的喧嚣。许多年轻人在那里置业，房子密密麻麻，绿荫环绕。人们利用这些第二寓所来休憩、静思，或供孩子们放肆地玩耍。沿着通往吕菲斯克的路一直走，就能到达这片绿洲。

马沃多结婚前，他母亲负责打理这片田地。她带着对死去丈夫的怀念，精心侍弄。在耐心和细心的浇灌下，田里的作物长势喜人，让我们惊叹不已。

你嫁过去后，田地的尽头又加盖了一些小建筑：三间简单的小房间、一间浴室、一间厨房。你在几个角落都种满了花，搭了一个鸡窝，又围了一个羊圈。

椰子树郁郁葱葱，遮挡住阳光的侵袭。人心果果肉鲜嫩，旁边就是令人垂涎的石榴。杧果个个分量十足，压弯了枝条。番木瓜就像不同形状的乳房，高高挂在细长的树上，诱人却高不可及。

地上铺满或嫩绿或深褐的落叶，草也是有的新鲜，有的枯萎。蚂蚁在我们脚下不知疲倦地重建家园。

温热的阳光洒在搭好的野营床上，大家聚在一起玩游戏，时而兴奋地欢呼，时而沮丧地叹气。

触手可及的水果塞满了我们的肚子，其间的缝隙也被椰子酒填满！我们一起讲"下流的故事"！我们随着留声机的音乐摆动身体！羊肉用胡椒、大蒜、黄油与辣椒调味，在烤肉架上吱吱作响。

我们在过自己的生活。我们站在坐满学生的教室里，为了消除无知，任重道远。

每一个行业，无论讲求智力还是手工，无论讲求艰苦的体力还是细致的灵巧，无论讲求渊博的知识还是无比的耐心，都应该得到尊重。我们的职业就像医生一样不容出错。我们不能和生命开玩笑。而生命，既是身体的，也是心灵的。扭曲一个灵魂就和谋杀一样罪无可赦。教师，不管是幼儿园教师还是大学教师，都组成了一支功在日常的军队，无人为其歌颂，无人对其褒奖。这支军队一直在行进中，一直都戒备着。这支军队没有军鼓，没有耀眼的制服。这支军队冲破陷阱与埋伏，到处插下标志着知识与品德的胜利旗帜。

虽然只是区里一所普通小学的普通女教师，但我们热爱这个神圣的职业。我们诚挚地服务于这个职业，奉献自己。在这所离家仅几米远的附属学校里，我们和其他学徒一样，知道从一开始就要做好自己的工作。学校里的教师会以熟带生，嘱咐新教师在授课时要活用心理学和教育学的知识。我们鼓励孩子们积极互动，并将我们思想的一小部分留在他们的脑海里。

第十章

新非洲

莫多成了工会组织的高层。他长袖善舞，能同时与雇主和雇员交好。他把精力集中在容易实现的目标上，既减轻了工作负担，又能改善人民生活。他为工人寻求实际的好处。他的口号是：何必追求不可能实现的目标？实现可能实现的就已经可以视为胜利。

人们并不一定赞同他的观点，但都相信其务实的品格。

马沃多则没有精力投身工会活动或政界。他医术高明的名声渐渐传开，病人挤满了他所工作的医院，使其无法脱身。人们越来越不相信江湖游医，后者会用同一服汤药对付不同的病症。

所有人都在读书看报，北非正经历动荡。

新非洲的面孔究竟应该怎样？大家争论不休，不同的观点相互碰撞，也相互补充；人们有时遇上知己，有时被他人说服。

殖民者妄想同化，把我们的思想与风俗拉入西方的熔炉。他们让我们戴上帽子，虽然我们卷曲的头发就是天然的护具；让男人嘴里叼着烟斗，穿着白色的中裤，露出小腿；让女人穿着极短的裙子，露出线条优美的大腿。突然间，年轻一代意识到自己的穿着是多么可笑。

历史的巨轮滚滚向前，不留一丝情面。西非论战的焦点是如何找到正确的道路。一些勇敢的先行者锒铛入狱；沿着他们的路，后来者继续未竟的事业。

我们是承前启后的一代，连接了两段不同的历史，一段是被殖民，一段是独立。我们满怀期待，年轻实干。获得独立之后，我们又投身于共和国的建立，还有国歌与国旗的设计。

国家不断动员各种有生力量行动起来。尽管对于政党与社会形态，我们的个人倾向难免有所分歧，但我们明白民族统一的必要性。我们当中许多人都加入了执政党，为其注入新鲜的血液。与冷眼旁观或固守西方意识形态相比，在混乱中贡献自己的力量更具建设性。

莫多作风务实，力促工会与政府展开合作，一心为雇员争取可能实现的利益。但他也会暗中抱怨国家乱花钱，比如对一个不发达国家来说，诸多匆忙设立的使馆就花费巨大。还有其他为了虚荣和脸面的支出，例如经常邀请外国宾客来访，这是多大的浪费！想到雇员们，他又不由感叹："这些钱可以建多少学校和医院啊！可以涨多少工资啊！可以铺多少路啊！"

你和马沃多倾听着。我们已经身处高峰。与此同时，你的婆婆眼睁睁地看着你在她的儿子身边光彩照人，看着她儿子越来越频繁地拜访你父亲的匠铺，看着你的母亲日渐圆润，打扮日益体面，她的复仇之火也愈烧愈烈。

第十一章

返 乡

我知道提起往事会使你痛苦，如同在你刚刚愈合的伤口上又捅了一刀，可我现在被迫隐居，孤寂难耐，我控制不住自己去回想过去的事。

马沃多的母亲，我们称其为娜布婶婶，其他人叫她赛娜布。她继承了一个高贵的姓氏：迪乌夫。她是布尔-西纳①的后代。她生活在旧日的荣光中，没有意识到外面的世界已经今非昔比。她沉湎于过去，以自己的血脉为荣。她认为贵族的血脉生来就与众不同，只看其言行就可以判断。生活没有善待马沃多的母亲。她的丈夫很早去世，她勇敢地只身把长子马沃多和两个女儿抚养成人。女儿如今都已嫁人，而且……嫁得很好。她以雌虎般的凶悍

---

① 布尔-西纳（Bour-sine）：意为西纳之王，指塞内加尔前殖民时期西纳王国的国王。

爱护着身边"唯一的男人"——马沃多·芭。她从心底发誓,要让传承了自己生命的这个"唯一的男人"过上好日子。现在,有人把这个"唯一的男人"从她身边夺走了,就是这个该死的首饰匠的女儿,比格里奥更坏的首饰匠。格里奥还会带来幸福,可一个首饰匠的女儿呢……她会像烈火一般烧毁路上的一切。

在我们无忧无虑生活的时候,马沃多的母亲认为你们的婚姻脱离了她的掌控,她日日夜夜盘算着要如何报复你这个首饰匠的女儿。

一天,她决定去拜访她的弟弟法勒巴·迪乌夫,他在迪亚卡欧做首领。她问我借了一个行李箱,放进一些精心挑选的衣服,再加上一些礼物:在西纳很少见到的昂贵食物(法国进口的水果、奶酪、果酱等)、给侄子们准备的玩具、给弟弟和他的四个妻子准备的布料。

她打电话问莫多要了些钱,小心地折好放进钱包。梳好头,用散沫花给手脚染好色,精心妆饰之后,她出门了。

通往吕菲斯克的路在迪亚莫尼亚迪欧分成两条:右边的一号国道通往姆布尔和西纳萨鲁姆,另一边的二号国道则穿过提耶斯和提加尼教团①的摇篮——蒂瓦阿万，并一直延伸至塞内加尔的旧都圣路易。娜布婶婶的旅途并不轻松。道路崎岖不平，大巴不停颠簸。她心潮起伏，沉浸在回忆中。大巴一路疾驰，快得让人晕眩，将她带回童年的故乡。沿途她认出了熟悉的景色：这是辛迪亚，然后左边是波旁吉纳，天主教徒们在此庆祝圣灵降临节。

多少世代的人们见过这亘古不变的景色啊！娜布婶婶意识到，面对永恒的自然，人类是多么脆弱。自然抵挡住时间的流逝，实现对人类的报复。

猴面包树枝节巨大，伸向天空；牛群慢吞吞地穿过道路，有几头向车的方向望来，眼神黯淡呆滞；牧人穿着宽松的短裤，一根棍子扛在肩上或拿在手里，正驱赶牛群。人与牛群汇织在一起，就像一幅中世纪末的油画。

每次大巴与其他车辆交会，娜布婶婶总要闭上眼。那些大卡车，尤其是其可怕的装载方式，总让她心惊胆战。

当时，瑰丽的清真寺美迪那图-米那乌阿拉尚未建成，虔诚的伊斯兰教众就在路边祈祷。娜布婶婶低声说："要想见证传统的延续，还是要离开达喀尔。"

---

① 提加尼教团（Tidjaniya）：西非规模最大的伊斯兰教苏非教团，兴起于马格里布地区。提加尼自称"封印的圣人"，与穆罕默德一样都是先知。提加尼将追求的目标从与真主的合一转向与先知的人格和精神相通，并强调与他的神秘主义关系。在塞内加尔，提加尼教团主要在沃洛夫人中发展较快，蒂瓦阿万是其在塞内加尔的教育和文化中心。

左边是恩迪亚萨那森林，森林边缘都是灌木，猴子有时溜出来，在阳光下晒得醺醺然。

这是迪亚迪亚耶、塔塔吉纳、迪乌鲁普，然后是恩迪乌迪乌夫，最后还有西纳的首府法蒂克。大巴疲惫不堪，喘着气吐着烟向左改道，一路尽是颠簸。终于，迪亚卡欧到了，那是王室之地，是布尔-西纳的摇篮与陵寝，是祖先埋骨之所，那里还保留着旧王宫的广阔领地。迪亚卡欧，她挚爱的故乡。

每次回到故乡，她心头总是沉甸甸的。

首先，要用水净手，在地上铺一条毯子，面向祖先的陵墓祈祷、冥思。然后，她的目光流连于其他陵墓上，眼中浸满忧愁与回忆。在这里，逝者与活人居于同一片家族领地：每个国王行加冕礼归来，都会在院子里种上两棵树，划定自己往生后的住所。娜布婶婶对着这些陵墓虔诚地吟唱经文。她神色忧郁，王室的达姆鼓声仍在这里诉说着往日的荣光。

她暗自发誓，你的存在，阿伊萨杜，绝不能玷污她尊贵的出身。

她把旧时的仪式与宗教结合起来，将牛奶倒进西纳河，以安抚隐形的神灵。第二天，她还会往河里投入祭品，向祖先祈求避免邪灵的侵扰。

回到家乡，她受到了热烈的欢迎。作为房子主人的姐姐，她拥有绝对的特权。别人要双膝跪地同她说话。她吃饭时自成一桌，食物也是挑锅里最精华的部分。

　　四面八方都有人前来拜访，提醒她王族血脉的真实存在。他们提起布尔-西纳祖先的功绩、战场上的尘土、纯种战马的精良……记忆中祖先的骨灰为她注入了勇气与活力。在悠悠的科拉琴声中，在弥漫四周的熏香的鼓动下，她叫来她的弟弟。

　　"我身边需要一个孩子来充实我的生活；我希望这个孩子能成为我的双腿，我的左膀右臂。我会将这个孩子培养成另一个我。我老了，孩子们结了婚以后，房子显得空荡荡的。"

　　她想到了你，可在精心策划其复仇大业的关键时刻，她警惕地避免提起你，以免流露出对你的愤恨。

　　"不用担心，"法勒巴·迪乌夫答应道，"我原本怕你精力不足，因此没有请求你教养我的女儿。要知道现在的年轻人可不好管。你带小娜布回去吧，她与你同名，现在她属于你。我只请求你在她死后把尸骨带回给我。"

　　娜布婶婶心满意足，开始收拾行李，在篮子里装上所有在城里卖要贵得多的乡下特产：晒干的古斯古斯①、烤花生酱、黍米、鸡蛋、牛奶、母鸡等。她用右手把小娜布抱在怀里，踏上了归途。

---

　　① 古斯古斯（Couscous）：北非摩洛哥、突尼斯一带及意大利南部撒丁岛、西西里岛等地的一种特产，是用杜林小麦制成的外形类似小米的食物，很多地方称之为阿拉伯小米，其实是小麦做的。

/ 第十二章

小娜布

　　还行李箱的时候，娜布婶婶向我介绍了小娜布，也将她介绍给了所有的朋友和邻居。

　　我将小娜布安排进了一所法式小学。在婶婶的保护和教导下，小娜布渐渐学会了调制美味的酱汁，学会了使用熨斗和木杵。娜布婶婶不错过任何机会，向她强调自身血脉的尊贵，教导她女性的首要品格就是顺从。

　　在她完成小学和中学的学业之后，娜布婶婶建议侄女去考国家助产士学校："这所学校不错。在那儿你能学到东西。头上没有乱七八糟的玩意。女孩们生活简朴，不戴耳环，穿着象征纯洁的白色制服。你在那儿学到的职业是崇高的；你能养活自己，你帮助先知穆罕默德的子民出生，你的善行会在你死后带你上天堂。一个有教养的女人绝不该敦促他人。我不知道一个女人从早到晚地说话，怎么能养活自己？"

于是，小娜布成了助产士。一天，娜布婶婶叫来马沃多，对他说："我弟弟法勒巴把小娜布送给你做妻子了，因为他感激我多年来对她的精心教导。如果你不接受她做你的妻子，我就活不下去了。耻辱比疾病杀人更快。"

我知道，莫多知道，整座城市的人都知道。而你，阿伊萨杜，你毫无疑心，仍旧沉浸在幸福当中。

因为娜布婶婶已经定下了婚期，马沃多最终鼓起勇气，告诉你女人们在背后八卦的话题：你的丈夫即将迎娶第二个妻子。"我母亲年纪大了。她的心再也承受不起打击与失望。如果我拒绝这个女孩，她会活不下去的。这是医生的意见，不是儿子的借口。想想吧，儿子看不上她养大的亲侄女，这在人前是多大的耻辱啊！"

马沃多决定接受婚礼的安排，这是为了"防止母亲死于耻辱和忧伤"。这个严厉的母亲满心满眼都是旧时的伦理，从血液里维护着那凶残的传统风俗，马沃多·芭又能如何呢？繁重的工作已经使他面容苍老。而且，他难道真正反抗过？难道真心推拒这样的安排？毕竟，小娜布已经出落得如此诱人……

于是，阿伊萨杜，你已不再重要。为家庭投入的时间和情感？都是过眼云烟。你的儿子们？这是一场母亲与她身边"唯一的男人"之间的和解，他们从来不占任何分量。你已不再重要，你的四个儿子更不用说，他们绝对比不上小娜布的儿子们。

格里奥们议论纷纷，都颂扬小娜布的孩子，称"血脉回到了最初"。

你的儿子们不再重要。马沃多的母亲是一位公主，她不会承认一个首饰匠的孩子。

何况，一个首饰匠能有什么尊严？什么名誉？这就好像问你有没有心，有没有肉体。啊！对某些人来说，一个首饰匠的名誉和忧伤远不及一个西纳公主的名誉和忧伤。

马沃多没有将你扫地出门。他一边去履行他的"职责"，一边希望你能留下来。小娜布还是住在他母亲那儿，他爱的人是你。他每隔两天去他母亲家过夜，看望另一个妻子，为了保证他母亲能"活下来"，为了"履行职责"。

比起那些暗中破坏你幸福的人，你要高尚得多！

有人劝你妥协："人们不烧结果子的树。"

有人直刺你的软肋："没有父亲，男孩是无法成功的。"

你走了另外一条路。

这些劝诫与威胁，曾经使多少愤怒的妻子低下了头，在你身上却没能施展同样的魔法。你没有改变主意，你选择了决裂，带着四个儿子离开，再也不回来，只在你们床上的显眼处留下了一封给马沃多的信，信的内容我还记得清清楚楚：

马沃多：

君王控制情感，为其职责带去荣耀。其他人则低下头，沉默地接受屈辱的命运。

简略地概括，我们社会的内部法则就是这样疯狂地制订的。我绝不会屈服。我无法忘记我们曾经的幸福，无法接受你今天的提议。你想要简单地把爱情与身体的快乐区分开来，但我要提醒你，肉体的合一从来都离不开感情上的接受，哪怕你自己没有发觉。

如果你能不投入感情和别人生下孩子，只是为了满足你母亲的骄傲，我会觉得你肮脏又卑鄙。从今往后，你将从神坛上滚落，你不再值得我尊重。你说一边是我，"你的生活，你的爱情，你的选择"，另一边是小娜布，"只为职责而接受"，这样的分裂简直是无稽之谈。

马沃多，人既有崇高性又有动物性，两者合而为一。没有人是纯粹完美的，也没有人是纯粹兽性的。

我抛弃你的爱和你的姓。我带着唯一剩下的尊严，继续我未来的路。

永别了。

阿伊萨杜

　　然后，你离开了。出乎大家的意料，你勇敢地选择独自承担。你租了一个房子。你没有向后看，而是坚定地朝着未来努力。你给自己确立了一个艰难的目标。除了我的陪伴和鼓励，书籍拯救了你，成了你的避难所，支撑你渡过难关。

　　书籍是人类智慧的神奇发明，拥有莫大的威力。不同的符号构成音节，不同的音节构成单词。单词的不同组合催生出观点、思想、历史、科学与人生。书籍是文化与交流的唯一工具，是信息发送与接收的不二手段。通过辛勤的劳动，书籍连接时代，推动进步。书籍也使你坚强起来。社会拒绝赋予你的，书籍满足你：你成功地通过考试，前往法国翻译学院留学。毕业后，你被派往美国，担任塞内加尔使馆的翻译。你的生活富足。你在信中说自己渐渐喜欢清静，坚决远离短暂的快乐与轻浮的交往。

　　马沃多？他与母亲家重归于好。迪亚卡欧的亲戚们挤满他的房子，他们都支持小娜布。但马沃多知道，小娜布完全无法和你相比。你是如此美丽、甜蜜，你会擦去丈夫额头的汗水，你给予他无尽、无私的温柔，你知道如何让他全身心放松下来。

　　马沃多？他已经后悔了。"我现在晕头转向。真不应该强迫一个成熟男人改变已有的生活习惯。我到老地方找衬衫和裤子，却总是扑空。"

　　我不同情马沃多。

　　"我的房子成了迪亚卡欧那些亲戚的度假屋。一切都脏得要命，在屋里休息成了天方夜谭。小娜布会把我的食物和衣服都分给客人。"

我不理睬马沃多。

"有人说看到你昨天和阿伊萨杜在一块？是真的吗？她在这儿吗？她过得怎么样？我的儿子们呢？"

我不回答马沃多的问题。

因为马沃多对我来说是个谜，不只是他，所有男人都是。你的离开让他深受震动。他的伤心也溢于言表。说起你的时候，他会声音发紧，语调生硬。他仿佛看破了一切，常常乱发脾气，家里也对他怨声载道，可这一切并没阻止小娜布的肚子鼓起来。她生了两个男孩。

他和小娜布水乳交融的证据摆在眼前，不容置辩。马沃多恼羞成怒，厉声对我说道："别傻了。一个男人和一个女人朝夕相对，眼睁睁看她越来越成熟，你却想要他心如止水？"他更加露骨地补充道："我看过一部电影，一场空难的幸存者靠吃同伴的尸体活了下来。这证明人性背后隐藏着本能，不管意识如何，本能都会占上风。你不要胡思乱想、多愁善感，事实就是那么丑恶。

"社会要求男人提供粮食和衣物，我们无法抗拒这种粗暴的法则。这些法则也会将'雄性'推到别处去。我说'雄性'，就是想表明男人本能的兽性……一个女人应该清清楚楚地明白并接受这一点，不要因为肉体的'背叛'而怨天尤人。心才是最重要的，心连接两个灵魂……（说这话的时候，他捶打着自己的胸腔，而不是心脏的部位。）

"我已经尽力抗拒，但诱惑超过了我能承受的极限，美食就在手边，我只能尽情享用。尽管听上去很无耻，但若要深究，真相就是那么丑陋。"

为了替自己辩护，他将小娜布贬成一道菜肴。为了换换"口味"，男人会背叛自己的妻子。

我糊涂了。他让我理解他。可理解什么？本能的不可抗拒性？背叛的合理性？"尝鲜"的正义性？我压根无法苟同一夫多妻的本能。所以说，理解什么？

你上次回来的时候，我多么羡慕你平静的心态！你看上去已经不带一丝痛苦。你的儿子们被教养得很好，这与人们之前所预言的完全相反。你不再为马沃多牵肠挂肚。是的，你过得很好，已经将过去踩在脚底。你是不公正的无辜受害者，也是新生活的勇敢先行者。

第十三章

比 娜 图

我在三年后重复了你的悲剧。但和你的情况不一样，诱因并不是我的婆家。悲剧源于莫多自身，我的丈夫莫多。

我女儿达芭当时正准备高考，经常会把学习伙伴带到家里来。最常来的是一个略显腼腆的年轻姑娘，体态纤弱，神色局促，明显是看到我们的生活环境而自觉格格不入。她虽然穿着褪色的衣物，却依然干净清爽。她出落得亭亭玉立，已经是个大姑娘的模样了！她纯洁无瑕的美貌、曲线玲珑的身体，都无法让人移开视线。

我注意到，有时莫多对女儿的学习搭档颇感兴趣。当他"因为太晚了"，提议开车送比娜图回家时，我没有一点疑心。

不久后，比娜图完全变了个人。她会穿昂贵的成品连衣裙，还笑着对我女儿解释说："我是从一个老头的口袋里掏的钱。"

一天，达芭从学校里回来，告诉我比娜图摊上大事了：

"那个送她'成品连衣裙'的老头要和她结婚。简直难以想象。离高考只剩几个月了，她的父母却想让她辍学，嫁给一个老头。"

"让她拒绝。"我提议道。

"可那老头要送她一套别墅，送她父母去麦加朝觐，还有车子、珠宝，还每月给她钱，怎么办？"

"这些都不值得付出自己的青春。"

"我和你想的一样，妈妈。我劝比娜图别屈服。可她母亲一心想要脱离贫民阶层，宣称自己的美貌在柴米油盐中褪色。每次看到我的衣服，她就满眼艳羡，从早到晚都在抱怨。"

"关键还是比娜图。只要她不屈服。"

几天之后，达芭又提起了这件事，结果出人意料。

"妈妈！比娜图伤心极了，她还是得嫁给那个'老头'。她母亲哭得很厉害，哀求女儿同意这桩婚事，因为那个男人答应让她母亲'过上幸福的晚年，住上真正的房子'。所以，她屈服了。"

"婚礼是什么时候？"

"这个星期天，但不会有宴会。比娜图害怕朋友们会嘲笑她。"

比娜图结婚的那个星期天傍晚，莫多的哥哥唐希尔、马沃多·芭和区里的伊玛目三人来到我家，都穿着豪华又隆重的礼服。他们这是从哪回来？为何穿着笔挺的长袍，神色拘谨？他们必定是来找莫多的，也许这三人中有人要请他办一件要事吧。我告诉他们：莫多一大早就出门了。他们仍笑着走进来，用劲嗅了嗅空气中弥漫的浓郁熏香味。我坐在他们面前，同样面带微笑。伊玛目开口了：

"万能的真主将两人肩并肩放在一起，就没有人能改变这一决定。"

"对的，对的。"另两人附和道。

他停下来，调整了一下呼吸，接着说：

"在这个世上，一切都旧去新来。"

"对的，对的。"唐希尔和马沃多仍在一旁帮腔。

"每次伤心痛苦的时候，要想到世上还有比你更痛苦的人。"

我看着他的嘴巴一张一合，不断吐出各种格言，不管好坏，应该昭示着某个重要的消息。他絮絮叨叨铺垫良久，莫非会有一场暴风雨来临？他们的来访并非偶然。可若是坏消息，他们会穿得如此讲究吗？还是说他们想穿得万无一失，以鼓起勇气告诉我坏消息？

我想到了那个不在家的人。像困兽一般，我问道：

"是莫多？"

伊玛目终于抓住了主线。仿佛嘴里含了火炭一般，他语速极快地说明了来意：

"是的，莫多·法勒。但别担心，他还活着，真主保佑。他只是在今天迎娶第二个妻子。我们刚从大达喀尔①的清真寺回来，参加完在那里举行的婚礼。"

伊玛目已经拔除了路上的荆棘，唐希尔鼓起勇气补充道：

"莫多感谢你。他说命运决定人与事：真主让他迎娶第二个妻子，他只能照办。他赞扬你在二十多年的婚姻生活中，让他体验了妻子所能给予丈夫的一切幸福。他的家人，尤其是我，他的哥哥，我们都感谢你。你尊敬我们，你知道我们是莫多血脉相连的家人。"

然后，永远是那些安慰的套话："在这个房子里，女主人只会是你，只有你能在这里生活。你不仅是莫多的第一个妻子，对他来说也是母亲和朋友。"

唐希尔的喉结上下滚动。他跷起二郎腿，抖了抖脚。他的白拖鞋上覆有一层浅浅的红色尘土，昭示着主人走过的路。马沃多和伊玛目的鞋上也有同样的尘土。

马沃多一言不发，他经历过这样的事。他想到了你的信、你的反应，而我与你是如此相像。他对此没有信心，只是低垂着脑袋，似乎在战斗前就已经预知了失败。

"二十多年的婚姻""完美的妻子"，虚话如毒药般烧灼着我的喉咙，我只能囫囵吞下。我开始回想裂缝何时出现，并最终导致

---

① 大达喀尔（Grand Dakar）：是达喀尔市19个区县之一，位于首都的中南部。

了今天的崩塌。我想起了母亲对莫多的评价，"过于英俊，过于完美"，也终于能够用俗语来接上后半句，"便很难忠诚"。我想起她说莫多两颗上门牙间的缝隙太大，代表此人会耽于肉欲。我想到莫多一整天都不在家，只在出门时简单说了句："午饭别等我了。"我想到这段日子他经常不在家，借口要开工会会议，我没有起疑。今天，残酷的真相终于大白天下。他遵循严格的节食安排，笑说是要用肚子"敲破鸡蛋"，这个鸡蛋代表着衰老。

每天晚上出门前，他都要试穿好几套衣服，才最终选定一套。其余的试完就被他恼怒地丢在地上，我得一件件拾起来，叠放整齐。现在我才发现，他这份额外的用心，只是为了在另一个女人面前表现得尽可能优雅大气。

我努力控制住自己内心的波涛汹涌，尤其不能在这几个客人面前表现出惊慌，让他们看笑话。我微笑着，仿佛正如他们所言，压根没出什么大事。我感谢他们亲自上门告诉我这个消息，也向他们表达了我对莫多的感谢，说他是"好父亲、好丈夫""一个朋友般的丈夫"等。我感谢了婆家、伊玛目，还有马沃多，我微笑着为他们送上饮料，把他们送到门口的螺旋香下，他们又猛吸了一口香气，我与他们一一握手告别。

他们心满意足地离开了，除了马沃多，他知道这件事的严重性。

第十四章

走或留

终于只剩我一个人，可以好好消化这个不幸的消息，处理我的悲伤。啊！对了，我忘记问对手的名字了，不然也可知道自己的痛苦是拜何人所赐。

我的疑问很快得以解答。大达喀尔的朋友们涌进我家，跟我讲述婚礼的所有细节，有些是出自真诚的关怀，有些则只是嫉妒比娜图母亲的一步登天。

"我真不明白。"她们同样也不明白莫多这样一个"人物"，为何要和一个"恩到勒"①家庭结亲，那一家可是穷困潦倒。

比娜图本是我女儿一般年纪的孩子，现在却成了我的对手，与我平起平坐。比娜图，那个腼腆的小姑娘！那个给她买新裙子，

---

① 恩到勒（Ndol）：意为穷人。

让她扔掉褪了色的旧裙子的人，就是莫多。小姑娘天真地向她情敌的女儿倾诉秘密，因为她以为这个老男人是在痴心妄想。她什么都说了：别墅、月钱、未来送她父母去麦加。她以为自己比这个男人更坚决。可她不知道莫多的固执与骄傲：面对困难，他会执意克服，反抗只会激起他的征服欲，即使失败，也会马上卷土重来。

达芭勃然大怒，她的骄傲受到重创。她嚷嚷着比娜图用来形容她父亲的所有外号：老男人！大肚子！老头！……她整日嘲讽赋予她生命的人，后者只是默然接受。达芭心中满怀怒火。她知道自己最好的朋友说的是真话。可一个孩子哪里能违拗母亲的意愿呢？更何况这个母亲正狂热地叫嚷着要改变自己的生活。

比娜图就像被献祭的羔羊，和之前的诸多祭品一样，躺在了名为"物质"的祭坛上。达芭越分析情势，就越是怒火中烧："断绝关系，妈妈！把这个男人赶走。他不尊重我们，无论是你还是我。像阿伊萨杜阿姨一样，断绝关系。告诉我你会和他断绝关系。我不想你和一个与我同龄的女孩抢男人。"

像所有被欺骗的妻子一样，我告诉自己：如果说莫多是牛奶，我已经获得了奶油，剩下的，不过就是些带点奶味的水罢了。

但我必须做最后的决定。莫多一晚上都没有回来。是沉浸在新婚的喜悦中吗？孤独让我得以细细思考这个问题的答案。

离开？在和一个男人共同经营了二十五年的婚姻生活之后，

在和他孕育了十二个孩子之后，一切从零开始？我是否有足够的力量独立承担这份思想上和物质上的责任？

离开！和过去划清界限。虽然未来不可预知，但可以翻开崭新的一页。未来的生活不会有爱情与期许，也不会有信任与伟大。在这之前，我从未尝过婚姻的苦涩。那就逃离！躲开这种生活！一旦开始原谅，错误就会越积越多，然后是再一次原谅，不断去原谅。离开，远离背叛！不用疑神疑鬼、无法入睡，不用竖着耳朵侦听最细微的声音，等待丈夫回家。

我细数我这一代有类似经历的妻子，她们有的选择接受，有的选择离婚。

在我认识的人当中，有人离婚后浴火重生，征服了既不缺钱也不缺风度的男人，"比上一个好千百倍"。离婚的阴云渐渐散去，新的幸福填满她们的生活，点亮了她们的双眼，也使她们的容颜增色。但也有人失去一切希望，孤独早早地将其送入墓穴。

命运的捉弄无处可躲。女邻居法玛塔在我面前用簸箕颠小贝壳来算命。有时贝壳的开口朝上，露出黑色的内里，意为欢笑；有时全白的背面朝上，解说是有个富有的"穿两条裤子的男人"①正朝我走来。"唯一会使你失去男人和财富的，是一白一红两颗可乐果。"法玛塔补充道。

---

① 指穿西式服装的男人。

她坚称："俗话说得好，失之东隅，收之桑榆。你有什么可怀疑的呢？你为什么不敢决裂呢？女人就像一颗球。扔球的人无法预测球的反弹，不能控制球的去向，也不能预判谁会来抢占。抓住球的手往往是出乎我们意料的那只……"

她的话我几乎充耳不闻。法玛塔是名格里奥，只关心中间人给的小费数额。我看着镜子中的自己，从头到脚观察自己。我的身材不复窈窕，行动也不像以前那样自如与灵敏。缠腰布包裹住我凸起的肚子，遮盖住肌肉发达的小腿肚——这是长期步行的结果。哺乳使我的乳房不复浑圆与紧致。青春已经从我身上溜走，没有可以自欺欺人的地方。

年复一年，女人越来越依附自己的丈夫。后者也在老去，但日渐不复温情。他自私的目光越过妻子的肩头。他不关心已经拥有的，只在乎已经失去的，或还能得到的。

我听过太多的不幸，却无法理解发生在自己身上的悲剧。阿伊萨杜，你的例子，还有其他诸多女性的例子，那些被侮辱、被厌弃、被置换的例子。她们就像一件穿旧的衣服，一条过时的长袍，被丈夫抛弃，毫不珍惜。

要征服骤然而降的不幸，需要坚强的意志。流逝的每一秒都缩短了我们的人生旅程，因此必须将这一秒用到极致。那些白白浪费或合理利用的时间合在一起，就是失败或成功的人生。我们将自己武装起来，对抗绝望，并将其缩减到合理的范围之内！如果我们软弱地放任悲伤侵入，抑郁症就会找上门来，蚕食我们的灵魂。

啊，抑郁症！医生说起这个病症时往往态度冷漠，他们略带嘲讽地强调你的主要器官不会受到影响。你向医生细数感到不适的部位：脑袋、喉咙、胸口、心脏、肝脏等。症状越来越多，可放射照相却显示没有异状。查不出毛病，医生只会变得不耐烦。可又有谁知道抑郁症患者所要忍受的巨大痛苦呢？

我想起了雅克琳娜，她就是抑郁症患者。雅克琳娜是科特迪瓦人，出生在一个新教徒家庭。她违背父母的意愿，嫁给了桑巴·迪亚克。后者与马沃多是医学院的同学，毕业后作为医生在阿比让①工作。雅克琳娜经常与丈夫来我们家做客。到塞内加尔以后，她进入了一个全新的世界，在反应、性格与心理等各方面，这个世界都与她出生的地方迥然相异。而且，丈夫的父母（总是父母）对她异常不满，因为这个外国媳妇不仅不愿皈依伊斯兰教，而且还每周日都去新教教堂做礼拜。

她是个黑人，是个非洲人，理应毫无障碍地融入一个非洲黑人社会，更何况塞内加尔和科特迪瓦都曾是法国的殖民地。可在非洲，不是所有国家、所有地区都是一个模子里刻出来的。即便同一个国家，从北到南，从东到西，也会看到不一样的人种、不

---

① 阿比让（Abidjan）：科特迪瓦的最大城市与经济首都。

一样的思想。

雅克琳娜曾经意气风发，想要融入塞内加尔，可周围人的嘲讽使她最终放弃。人们叫她"聂亚科"[1]，得知这个绰号的含义时，她愤慨不已。

她的丈夫千里迢迢回国，就开始追求他口中的"塞内加尔美人"，甚至不在乎自己的妻子与孩子。他毫不遮掩自己的猎艳行为，几乎将证据赤裸裸地摆在雅克琳娜面前：情书、写着名字的支票票根、餐厅或酒店的发票，等等。雅克琳娜伤心痛哭，桑巴·迪亚克在外面花天酒地。雅克琳娜急剧消瘦，桑巴·迪亚克还是在外面花天酒地。一天，雅克琳娜抱怨左胸口有个肿块让她异常难受，说感觉像有一枚钉子穿过身体直刺背部。她呻吟不断。马沃多给她做了听诊，胸口没有查到异状，只好开了一瓶镇痛药。雅克琳娜被这神秘的疼痛折磨，像抓住救星一般开始吃药。一瓶吃完，她感觉肿块还在原来的地方，疼痛还是那么尖锐。

她又找了一个科特迪瓦的医生看病。医生让她做了心电图和好几项血液检查，仍然没有发现任何异状。他也开了镇痛药，大块的沸腾片同样没能使可怜的雅克琳娜摆脱痛苦。

她想到了自己的父母，也许是因为他们不赞同这场婚姻。于是她写了一封情真意切的信，祈求他们的原谅。父母在回信中表达了

----

① 聂亚科（Gnac）：非洲口语，指乡下人。

真诚的祝福，却也没有减轻她胸口莫名其妙的疼痛。

我们把雅克琳娜送到瓦卡姆街的法纳医院，那里和阿里斯提德·勒当戴克医院一样，有大学医学院的实习生常驻。在马沃多·芭和桑巴·迪亚克求学的时候，这家医院尚未建成。如今，这家医院提供多项服务，拥有好几幢附属建筑。这些建筑有的独立，有的为了便于交流而相互连通，虽然为数不少，而且各具相当的规模，可因为医院本身占地面积辽阔，仍然显得空荡荡的。入院的时候，雅克琳娜觉得自己是被关进精神病院的疯子。大家不得不向她解释清楚：精神病人是住在精神病院里的，这里的病人是患心理疾病的。再说，通常精神病院里的人也是平和的，有暴力倾向的都被关在提亚胡瓦的精神病院里。雅克琳娜在神经科住院，我们去看望她时，发现医院还同时收治肺结核与传染病病人。

雅克琳娜躺在床上，虚弱不堪。她原本美丽的黑发乱蓬蓬的，打了好多结，从她开始一个接一个地看医生起就没再梳过。如果拿掉一直包着的头巾，可以看到她的发根处涂了不少药膏，因为我们想尽一切办法，想要拯救我们的姐妹。阿伊萨杜，你的母亲为我们找到了治疗师，并带回了"萨法拉"[1]和献祭的指令，你急忙去执行。

---

① 萨法拉（Safara）：一种有魔力的药水。

雅克琳娜想到了死亡。她一边在恐惧中等待死神，一边仍旧经受痛苦的折磨。她的手贴在胸口，那个看不见的肿块躲过了所有的攻击，正得意地嘲笑任何镇痛药都不管用。雅克琳娜的隔壁床是一个教文学的老师，在圣路易的费戴尔博高中做助教。她说自己在圣路易只认识河上的那座桥。她突然喉咙剧痛，不能继续教学，于是被送到了这家医院，正等待被遣送回国。

我经常观察她。她未婚，面相显老，身材瘦削，甚至有些干瘪，完全没有女性的魅力。学习应该是她年轻时唯一的消遣。她看上去脾气暴躁，就算有人想追求她也会望而却步。孤独的生活也许让她想要改变，在塞内加尔的教职显然符合逃离现状的期许。她来到这，结果梦想全都破灭，希望全都成空，尝试全都夭折，喉咙的状况更是雪上加霜。一条白点的海蓝色围巾包裹着她的喉咙，与其胸口的苍白形成强烈的色彩对比。涂在喉咙上的药使她的薄唇发紫，因为病痛，她的嘴唇一直紧抿着。她有一双蓝得发亮的大眼，是整张脸上唯一的光彩、唯一的魅力，也是上天给她的唯一恩赐。她看看雅克琳娜，雅克琳娜看看她。她摸摸自己的喉咙，雅克琳娜摸摸自己的胸口。她们俩就像在表演默剧，我们不由得笑起来。有时候隔壁病房的邻居会来"串门"，在空调凉风的抚慰下，整个人都变得舒畅。这地方极度闷热，病人们几乎都难以忍受。

植物神经失调症的症状多种多样，都很奇特。如果不是神经科或精神科的医生，很容易掉以轻心。身体的病痛常常来源于心理的不平静。侮辱与刁难、悲伤与痛苦，这些情绪累积在身体某一处，终有一天会爆发出来。

雅克琳娜热爱生活，她勇敢地忍受接二连三的抽血化验。医生让她重做了心电图和肺部CT，还让她做了脑电图，以检测脑部功能是否有障碍。脑电图后来成了必检项目。因为神经科的临床检查总是伴随着腰椎穿刺术，雅克琳娜每每都要体验极度的痛苦。她躺在床上，完全动弹不得，脸上露出从未有过的惊恐神情，显得十分可怜。

面对衰弱的妻子，桑巴·迪亚克表现得既体贴又柔情。

住院治疗（静脉注射与服止痛药）了一个月，原来邻床的病友已经返回法国。一天，神经科的主任医生把雅克琳娜叫过去。因为从事一门高尚的职业，而且技艺精湛，主任医生显得格外风度翩翩，即便整日与最不幸的病痛——精神错乱——打交道，他也完全不会语气尖刻。他锐利的眼神惯于评测，深深地探入雅克琳娜的眼底，试图在这个灵魂中找出肉体病痛的根源。他的声音温柔，令人信服，这对于一个慌乱的灵魂来说已经是一种安慰。他说："迪亚克夫人，我向您保证，您的脑袋没有任何问题。X光和血液都没有检查出异状。您只是过于消沉了，也就是说……不幸福。您期望的生活与现实落差太大，这就是您痛苦的来源。此外，您怀孕的间隔时间太短了，身体流失了必备的营养，又来不及补充。总而言之，您没有任何危及生命的病症。

"得动起来，出去走走，找到活下去的理由。鼓起勇气，慢慢走下去，您会恢复的。我们会用箭毒①给您进行一系列的休克疗法，让您放松下来。然后您就可以出院了。"

医生边说边点头，脸上还带着令人信服的微笑，雅克琳娜顿时充满了希望。她重新振作起来，将这番话转达给我们，称这次谈话一结束，她就已经好了一大半。她知道了症结所在，就能与之斗争。她对自己喊话，她终于回归了自我，雅克琳娜！

我为什么说起这位朋友的例子？因为她的圆满结局，还是为了推迟自己做决定的时刻？这个决定并非出自我的理智，却契合我对莫多·法勒的无限温情。

是的，我知道一个好的决定、一个有尊严的决定应该是什么。但完全出乎家人的意料，尤其是遭到了以达芭为首的孩子们的反对，我还是决定留下来。莫多和马沃多都吃惊不已，不明白我的选择……而你，我的朋友，你已经预料到了结局，你尊重我对生活的新抉择，没有做任何事来劝阻我。

我整日以泪洗面。

自此以后，我的生活天翻地覆。根据伊斯兰教的教义，我必

---

① 箭毒有两种含义。一是指土著人在狩猎或战争时涂抹在箭矢、标枪、飞镖上的有毒物质，通常毒性迅猛；二是指氯化筒箭毒碱及其化学类似物或有相似生理活性的物质，如临床使用的肌肉松弛剂箭毒。文中指的是第二种。

须在婚姻生活中和另一个女人享有完全平等的地位。我别无选择。

因为反对我的决定，孩子们与我赌气。他们对我的态度也是大多数人的态度，我不得不去面对。

"你后面还有的苦呢。"达芭预言。

我的生活被空虚侵蚀。莫多躲着我，不管作为家人还是作为朋友，他都不愿再回到我身边。新婚夫妇的邻居告诉我：一听到莫多提我的名字，或表现出想见孩子的意愿，"小女孩"就惊惧不安。于是莫多再也没回来，他重新开始的幸福生活渐渐覆盖了曾经的回忆。他遗忘了我们。

第十五章

她　们

阿伊萨杜，我的朋友，我已经告诉过你，小娜布完全无法和你相比。然而我发现，比娜图同样也完全无法和小娜布相比。小娜布在娜布婶婶身边长大，从小就被后者当作儿媳养育。小娜布青春期的幻想里满是马沃多的身影。她总能看到他，也自然而然地将心留在了自己未来夫婿的身上。马沃多日渐灰白的头发、臃肿的身躯不仅不会使她厌恶，反而更能放下心来。她从小就爱着马沃多，现在也还爱着，即便两人并非总是志趣相投。在小娜布的身上，学校的印记并不明显，反而处处是娜布婶婶留下的痕迹。娜布婶婶复仇心切，在对侄女的教育问题上可谓面面俱到。她会在星空璀璨的夜里给小娜布讲故事，用生动的口吻讲述勇士们为正义而战的荣耀、温顺的姑娘对爱人的担忧。她在小娜布面前歌颂勇者的无畏，痛斥诡诈、懒惰和诽谤的罪恶，教育其要关心孤儿、尊敬长者。她会用手的影子在墙上模仿动物，会吟唱怀念故土的民谣，这些都让小娜布心驰神往，烙印在她的灵魂上。通过日积月累的不断教育，女孩的骨血里渐渐渗入了这个民族的高尚品格。

这种口头教育容易消化，也极具吸引力，能够在接触过程中将灵魂锻造成型，激发其潜力。小娜布成长为一名可爱的姑娘，她温和、宽厚、顺从、礼貌，言行举止都相当得体。马沃多耸耸肩，评价其"拿腔拿调"。

然后，小娜布开始工作了，压根没时间去"拿腔拿调"。她作为贴身护理的护士长，在曼德尔医院的产科工作。医院所在的小区居住着大量贫民。她每天要多次助产，运用精湛的医术接生一个又一个新生命。

她每次下班都筋疲力尽，抱怨医院床位不够，也缺乏人手、设备与药品，导致产妇们不得不生下孩子就回家。她激动地说："新生儿都很脆弱，父母却只能提前将他们带离医院，家里又往往卫生条件不足。"

尽管她常常彻夜值班，全身心地投入救治工作，但是婴幼儿的死亡率仍旧居高不下。小娜布因此感慨万千："要把婴儿健康地养大成人实在是一场伟大的冒险，究竟有多少母亲能完成这项伟业呢？"

凭借自己的学识与经验，小娜布常常战胜贫穷、不幸与丑恶，但她有时也会遭遇灼心的惨败。在死神的力量面前，她渺小如尘埃。

小娜布对工作认真负责，就像你我一样！她虽然不是我的朋友，却也与我志趣相投。

她知道生活不易，却仍满怀斗志，不会轻易懈怠，流于庸俗。

至于比娜图，她是另一个样子。她出身贫寒，能活下来已属幸运。她母亲一心惦记着喂饱家人的肚子，哪有精力关心她的教养问题。比娜图渐渐长大，貌美、善良、聪颖、活泼，常常出入富裕的朋友家里，早就深刻地意识到自己的婚姻必会沦为祭品。身为包办婚姻的牺牲者，她想要别人也尝到自己的痛苦。独自被流放在不属于自己的成人世界里，她想要将自己的监狱打造得金碧辉煌。她觉得既然自己被卖出个好价钱，就理直气壮地每天增加新的要求，来折磨他人。她原本万念俱灰，每天浑浑噩噩，悲苦度日，现在却要求各种不现实的补偿，让莫多疲于奔命。我有时会听客人们说起他们的消息，有的人添油加醋，有的人轻描淡写。比娜图无法理解成熟男子的魅力，对花白的鬓角与柴米油盐的日常生活都没有好感。于是莫多每月都去染黑头发。他的腰围日益增大，穿不上任何时髦的裤子，比娜图常逮住机会恶意嘲笑他。莫多的青春已经完全流逝，无法抓住：他的下巴满是赘肉，风一大脚步就迟缓吃力。莫多害怕让自己美貌雅致的妻子失望，便想办法转移她的注意力，每天都让妻子像过节一般开心。迷人的比娜图被宠得越来越像精灵，她若欢笑便是晴天，她若噘嘴便是风暴。

有人说莫多中了巫术。一些朋友信以为真，便来请求我采取行动，否则就是“把辛辛苦苦栽下的树留给别人乘凉”。

朋友们会激动地向我推荐一些知名的马拉布[①]，宣称这些人巫力强大，曾经成功地将丈夫带回家庭，远离邪恶的女人。传言这些巫者都住在人烟罕至之处，独自生活。例如在卡萨芒斯[②]就住着迪奥拉人[③]和曼贾克人[④]，他们的马拉布擅长调制神奇的药水。兰桂尔[⑤]住着颇耳族人[⑥]，他们的马拉布能施巫术替人复仇，像使用武器一般迅速见效。也有人说可以去马里，找脸上刻有伤痕的班巴拉人[⑦]。

如果听从这些建议，那么我的生活又将起波澜。无法阻止家

---

① 马拉布（marabout）：非洲会巫术的伊斯兰教徒。

② 卡萨芒斯（Casamance）：位于塞内加尔南部，在冈比亚与几内亚比绍之间。

③ 迪奥拉人（Diola）：塞内加尔的少数民族，主要居住于西南部的卡萨芒斯。他们早在13世纪之前就在该区域定居，至今仍保持着传统的生活方式。

④ 曼贾克人（Madjago）：塞内加尔的少数民族，同迪奥拉人一样住在卡萨芒斯地区。

⑤ 兰桂尔（Linguère）：塞内加尔费尔洛地区的一座城市，位于达喀尔东北方305公里处。

⑥ 颇耳族人（Peul）：又称富尔贝人（Fulbé）或富拉尼人（Fulani），约占塞内加尔总人口的13%，主要以畜牧业为生。

⑦ 班巴拉人（Bambara）：西非曼丁哥人的一个分支，主要生活在马里。

庭的剧变已经使我自责，难道因为莫多选择了另一条路，我就要否定自己吗？不，我不会听信这些煽动。理智与信仰使我无法相信这些超自然的力量。这些力量容易使人沉迷，失去一切斗志。我要直面现实。

现实就是岳母女士狼吞虎咽的模样。她嘴里的假牙还是莫多帮她买的。她所向往的黄金屋终于梦想成真。以前她的破房子摇摇欲坠，墙面上贴饰的是锌板、招贴画、杂志封面和广告传单。如今，这座破房子的模样已经从她的记忆中淡去。在浴室里按一下，就喷涌出舒适的热水按摩她的背。在厨房里按一下，就有冰块直接落在水杯里。再按一下，煤气灶迸射出火焰，让她轻松做出一盘美味的煎蛋。

作为其丈夫的第一个妻子，岳母女士曾长期遭受冷遇，如今总算扬眉吐气。她挽着那位不忠诚的丈夫，从阴影中走了出来。现在她手握筹码：烤架、烤鸡，有时还会往他挂在卧室衣帽架上的长袍兜里塞点纸币。她有钱了不是吗？以前图库勒尔人从公共水井里打水，然后穿街走巷地叫卖，她需要精打细算每一分钱来节省用水的开支，那种时光已经一去不复返了。她享受着好日子，心知肚明这背后的代价是女儿的幸福。莫多有求必应，他殷勤地送去一沓沓现钞供其挥霍，还会在出门旅游时为她购置珠宝与大量新衣。自此，岳母女士成为上流社会里戴"重手镯"的一员，她接受格里奥的吟唱，如痴如醉地收听广播里专门写给她的赞歌。

　　她的家族在重要场合为她保留最尊贵的位置，听从她的建议行事。当莫多的加长汽车送她出现时，人们一拥而上，伸手等她分钱。

　　现实就是比娜图在夜店流连的模样。她穿着昂贵的长裙隆重登场，腰上围着一条金腰带，在灯光下熠熠生辉，这是莫多送给她的礼物，以庆祝他们的第一个孩子出生。她的鞋子发出闷响，高调宣示自己的出场。服务员们弯着腰围拢上来，对她无比尊敬，期望获得大笔小费。她眼带鄙意，打量着其他客人。她像被宠坏的孩子般嘬嘬嘴，示意莫多要坐哪张桌子。她手一挥，就像施了魔法，各式美酒就陈列在眼前。她向在场的年轻人炫耀自己的成功。毫无疑问，比娜图，她的美貌令人心驰神往！人们称其"魅力十足"！但炫耀方止，眼见周围的年轻人虽然身无长物，却青春逼人、自由快活，比娜图就不由低下了头。

　　音乐时而悠缓迷人，时而劲爆热烈，情侣们便跟着相拥起舞。当喇叭声响起，伴随着达姆鼓狂热的鼓点，跳舞的年轻人更是兴奋，他们不知疲倦地跺脚、跳跃、旋转、尖叫。莫多逼自己跟上节奏。灯光亮起，将他暴露在别人的目光下。有人毫不留情地指责他是"羊圈里的狼"。有什么关系呢？比娜图在他怀里，他很幸福。

　　比娜图筋疲力尽，目光流连在朋友们欢乐的身影上。她意识到青春已经被自己亲手埋葬，这让她痛不欲生。

　　达芭有时会不顾我的警告去夜店。她不会精心打扮，只是挽着未婚夫的手，故意很迟出现，坐在她父亲视野所及之处。这是一个滑稽的对峙场景：一边是天差地别，一边是天造地设。

　　夜店里产生了一种极端的张力：两个原本的好友、父亲与女儿、女婿与岳父。

/ 第十六章

独　自

　　我活下来了。除了原本的职责，我还承担了莫多的那一份。

　　每个月底我都要去购买基础食材；我得设法保证番茄、洋葱、土豆、食用油等不会在非当季时短缺；我囤积塞内加尔人酷爱的"泰国香米"。我的脑子多了一种新的锻炼方式：保证收支平衡。

　　水电缴费的截止日期也是我必须关注的要点。我常常是队伍里唯一的女人。

　　我得更换损坏的插销门锁、被砸破的玻璃，还要找水管工来疏通堵塞的洗手池，这些事都琐碎至极。我的儿子马沃多·法勒负责更换烧坏的灯泡，因而常发牢骚。

　　我活下来了。我战胜自己的怯懦，独自前往电影院。月复一月，我在座位上渐渐放开自我，变得越来越自在。一个女人独自去看电影，旁人会投以异样的眼光。我假装毫不在意，可我的双眼弥漫着泪雾，心中怒气横生。顶着世俗的诧异眼光，我亲身丈量了社会赋予女性的那点微薄的自由度。

我喜欢看电影院的上午场。在这个时间段，我更有勇气去面对他人好奇的目光。这样安排也使我有足够的时间与孩子们相处。

电影，抵抗焦虑的利器！不管是犯罪悬疑片，还是浪漫爱情片，不管是喜剧还是正剧，都成了我的同伴，我从中汲取崇高、勇敢、坚定等养分。电影用独有的文化内涵，扩大并深化我对世界的认知。感受银幕上他人的痛苦，能帮我遗忘自身的不幸。电影不需要多少花费，却能带来健康的乐趣。

我活下来了。我越思考，就越感谢莫多切断了所有联系。我们之间的决裂并非出于我的本意，却是孩子们都盼望的结果。我们之间没有谎言。莫多将我抛出他的生活，态度坚决，毫不拖泥带水。

其他丈夫是怎么做的呢？他们游移不定。他们人在家里，情感与志趣却在别处。精心打扮的妻子、活泼可爱的儿女、美味可口的饭菜，家里的一切都无法使其动容。他们的心犹如大理石般冰冷，只希望在家的时间快点流逝。晚上，他们借口工作疲累或身体不适，打着呼噜早早沉入梦乡。白天，他们迫不及待地出门，摆脱家的牢笼。

我猜得没错。莫多已经不再对我感兴趣，我清楚地知道这一点。我被抛弃了，就像祖母说的：成了一片风中飘摇的叶子，无人敢拾。

我勇敢地面对新生活。白天，我忙于履行自己的职责，家事占满全部脑海。可到了晚上，孤独将我淹没，我只能随波逐流。两个人一路经过风风雨雨，早已缠上千丝万缕的联系，想一刀两断并非易事。我无法轻易忘记两人共同的回忆，无法忘记那些场景、那些对话。两人共同的习惯在身体里刻下印记。我疯狂地怀念我们的夜聊，怀念我们俏皮或狡黠的爆笑，怀念我们每日的点滴。我在黑夜里苦苦挣扎，奔流的思绪驱散一切睡意。我绕过痛苦的追击，丧失一切迎战的斗志。

夜间的广播节目拯救了我，抚平了我的伤痛。夜间节目放送的歌声温柔地驱散我的焦虑，新歌和老歌一样，使我燃起希望。我的忧愁消散在歌声里。

我用尽所有力气，强烈地呼唤，希望能出现莫多的"替代品"。

白天醒来时，面对的是生活的不易，支撑我坚持下去的是母爱的本能。我现在是家庭的支柱，理应给予孩子们帮助与温情。

莫多在房子里留下的空缺，我是否能够填补？帮助我们的孩子，莫多是否比我更有能力？

我用轻松愉快的语调开启一天的战斗。煮好的咖啡的香气弥漫在整个屋子里。孩子们洗泡沫澡时，尖叫与欢笑不绝于耳。新的一天要加倍努力！新的一天要等待……

等待什么？我的孩子们难以接受另一个男性角色的出现。孩子们已经给父亲判了罪，他们能容忍另一个"父亲"吗？而且，哪个男人有勇气站在十二个孩子面前，听他们毫不留情地对他毒舌剖析呢？

等待！可等待什么？我并没有离婚……我是被抛弃了，是"一片风中飘摇的叶子，无人敢拾"。

我活下来了。我才知道公共交通工具并非随叫随到。我的孩子们嘲笑我不食人间烟火。一天，我听到达芭告诫其他孩子："千万别告诉妈妈，高峰时期的公交车挤得让人喘不过气来。"

我又哭又笑，百感交集：笑是感叹孩子们对我的爱，哭是惭愧身为母亲，无法给孩子们更好的生活。

当时我向你讲述自己脆弱的一面，并没有诉苦的意思。莫多的车载着岳母女士满城转悠，比娜图则开着阿尔法·罗密欧到处逛，红色和白色的换着开。

我永远不会忘记你的反应，你，我的好姐妹。菲亚特的品牌经销商让我过去挑车，说你已经全额付款，我永远不会忘记当时自己的感动与惊喜。孩子们兴奋地尖叫，知道他们很快就不用再像小伙伴们一样去挤公交车了。

友情有爱情所不具备的高贵之处。在艰难时，友情愈加牢固，爱情则会受到扼制。友情历久弥新，爱情则在时间的冲击下倦怠与分离。友情有爱情所不具备的高贵之处。

你用自己的积蓄来帮我，你，那个"首饰匠的女儿"。

于是我克服恐惧，开始学车。方向盘和座位之间的狭窄空间是属于我的。踩下离合器可以启动，刹车便能停下，要往前冲则要踩油门。我有些害怕踩油门，轻轻一脚，车就会冲出去。我的脚学会在离合器、刹车与油门之间跳舞。有时我也会沮丧，可我告诉自己：既然比娜图会开车，我为什么不行？我告诉自己：不能让阿伊萨杜失望。我用专注与冷静赢得了胜利。取得驾照后，我把好消息告诉了你。

我告诉你，现在……多亏你，我的孩子们坐在奶白色的菲亚特125的后座，可以理直气壮地打量街上路过的岳母女士，以及那个瘦弱的女孩。

得知消息后，莫多大吃一惊，他不敢相信这个事实，还调查了车的来历。他就像马沃多的母亲一样，认为首饰匠的女儿是没有良心的。

第十七章

为什么

　　我要歇会儿。

　　我一口气讲完了你的故事与我的人生。我只讲了大概，因为心头的伤口，无论过去多久，只要一触碰，都会让人再次陷入当时的痛苦。你的伤心失望、我的自我否定，我们俩都互相感同身受。如果我再一次揭开了你的伤疤，请原谅我。我的伤口至今仍在淌血。

　　你会说，人生并非一路平坦，总会遇到磕磕碰碰。我也知道，没有婚姻是一帆风顺的。婚姻是不同性格的结合，隐藏着诸多暗处。有的妻子朝三暮四，或是只生活在自己的世界里，拒绝一切对话，浇熄一切温柔的情感。有的丈夫酗酒成瘾，酒精吞噬健康、财产与安宁。酒精使其信徒理智错乱，或上演尊严尽失的滑稽场面，或不分缘由对妻子施暴——就像锋利的匕首，每每带来死寂。

还有人沉浸于不劳而获的美梦，那是无可救药的赌徒。不管是在豪华的赌场里，还是坐在树荫下，赌博的氛围总是让人狂热，四周弥漫着难闻的气味，赌徒弯腰投注，表情扭曲。纸牌跳着邪恶的华尔兹，侵蚀时间、金钱与理智，直到赌徒咽下最后一口气才会停止。

我试图从自己身上寻找婚姻失败的原因。我一直在付出，付出远远超过收获。我属于那些无法实现自我，只有在婚姻中才会快乐的女人。虽然我理解你的选择，也尊重所有选择自由的女性，但我从未想过在婚姻之外寻找幸福。

我热爱自己的家。你可以作证：我将房子布置成宁静的天堂，一切都井井有条，色彩的搭配既和谐又舒适。你知道我极为敏感，对莫多奉献了无尽的爱。你可以作证：我总能及时满足他的任何需求，甚至超出他的预期。

我与他的家庭和谐相处，尽管莫多很少在家，但他的父母、哥哥唐希尔及姐妹们常来家里做客。我的孩子也顺利长大，没有什么风言风语。他们在学校里取得的好成绩是我的骄傲，我把这些荣耀献给真主。

我对莫多没有限制，他可以随心所欲安排时间，我深刻理解他想纵情的欲望。他在外面的发展一如其工会事业那样成功。

我试图探究自己言行上的不当之处。我的社会事务繁杂，也许给莫多的工会事业造成了些许不便。男人如果被家人看轻、欺骗，在外又如何能使人信服？妻子如果工作不够尽心，又如何能义正词严地要求同工同酬？妻子如果过于好胜、态度傲慢，就会在言行举止中表现出来，丈夫也会因此产生受辱、敌视的情绪。妻子如果贤良淑德，就能支持丈夫全身心地投入到事业中。总而言之，每个成功男人的背后都离不开女人的支持。

于是我问自己。为什么？为什么莫多要离我而去？为什么要把比娜图摆在我们俩中间？

你会用清晰的逻辑回答：好感的出现毫无道理可言，有时只是因为一个表情或一个头饰，我们就会为其主人神魂颠倒。

我问自己。我坚持的真理是：无论如何，我忠于年轻时的爱情。阿伊萨杜，我为莫多哭泣，却无法挽回我们的爱情。

第十八章

唐希尔

按照习俗，昨天我为莫多去世四十天举行了祭奠仪式。我原谅他了。愿真主能倾听我每日为他所做的祈祷。第四十天，我在冥想中度过。教徒们诵读了《古兰经》，他们虔诚的声音直达天听。愿真主在天堂率众迎接你，莫多·法勒！

仪式过后，唐希尔走进房间，坐在你喜欢的那张蓝色沙发椅上。他把脑袋伸到外面，相继向马沃多和地区的伊玛目示意，两人随后走进房间。唐希尔开始说话了。莫多和唐希尔长得真像，脸上都会时不时抽搐一下，这是遗传的神奇力量。唐希尔自信满满，开始说话，他先是（再次）提起了我的婚姻生活，然后总结道："你一出来（指葬礼守制），我就会迎娶你。你很适合做我的妻子。你可以继续住在这，就像莫多生前一样。本来都是弟弟继承哥哥的遗孀，现在正好相反。你会给我带来好运，我愿意娶你。

你比另一个要好，那个太轻浮，太年轻了。当初我就曾劝过莫多。"

在葬礼尚未结束的时候，就到这所房子里自鸣得意地求婚，真是厚颜无耻！这是哪来的勇气和笃定！我直直地看着唐希尔，看着马沃多，看着伊玛目。我拉了拉黑色的披肩，拨了拨念珠。这一次，我说话了。

我的声音经历三十年的沉默，三十年的侮辱，今天终于爆发了，我语气强烈，时而嘲讽，时而轻蔑。

"你究竟对自己的兄弟有没有感情？尸体余温尚存，你就想组建一个新家。大家在为莫多祈祷，你就已经在构想未来的婚礼。

"啊，是的，你的小算盘就是要抢在所有求婚者之前，抢在马沃多之前。马沃多是莫多的好友，比你更有优势。可你忘了我有心，有理智，我不是任人把玩的物品。你不知道婚姻对我来说意味着什么：婚姻是爱，是承诺，是为你选择的、也选择你的人奉献一切（我强调了'选择'二字）。

"还有你的妻子们呢，唐希尔？你的收入既不能养活你的妻子们，也不能养活你的十几个孩子。为了减轻家里的经济压力，你的三个妻子一个染布，一个卖水果，还有一个每天不知疲倦地摇着缝纫机。你呢，整天像国王一样躺着，动动手指张张嘴就指使别人忙得团团转。我绝不会成为你的另一个收藏品。你所觊觎的是：娶我不会增加额外的负担，我每天都和其他妻子排队轮流伺候你，你则待在干净豪华的房子里，生活富足安宁。告诉你，我的房子绝不会成为你的绿洲。

"此外，达芭和她的丈夫有能力重新买下你弟弟的所有财物。你一旦成功，简直就是一步登天！朋友们都会眼红嫉妒你。"

马沃多用手示意我停下来。

"你闭嘴！闭嘴！停下来！停下来！"

但我已怒不可遏，完全停不下来。我用从未有过的粗暴语气总结道：

"唐希尔，趁早结束你的征服者美梦，做了四十天的梦也该醒了。我绝不会成为你的妻子。"

伊玛目拿真主说事：

"真是句句渎神，别忘了自己还穿着丧服！……"

唐希尔一言不发地站起身，他知道自己已然溃败。

想当初，这三个人也是这样悠然自得地前来，向我宣布莫多和比娜图的婚礼，我想我已经成功复仇。

/ 第十九章

达乌达

阿伊萨杜，即便穿着丧服，我也不得片刻安宁。

在唐希尔之后，达乌达·狄昂出现了。你还记得达乌达·狄昂吗？我曾经的追求者。他成熟练达，我却偏爱青涩稚嫩；他富有慷慨，我却偏爱一贫如洗；他沉着稳重，我却偏爱冒失冲动。

他来参加莫多的葬礼，在递给法蒂姆的信封里塞了一大笔礼金。他目光坚定又意味深长……当然了。

记得以前曾偶然相遇，他开玩笑说：初恋是永远难以忘怀的。

那天，我拒绝了唐希尔，掐灭了他的妄想；现在，却是达乌达·狄昂来向我求婚了！在我的追求者当中，我母亲最中意达乌达·狄昂。我耳边仿佛响起了她规劝我的声音：女人应该嫁给爱自己的男人，而不是自己爱的男人，这才是幸福持久的秘密。

相比莫多或马沃多，达乌达·狄昂保养得很好。尽管已经开始上年纪，他却抵挡住了岁月与烦扰的侵蚀。他身穿一套灰色绣花的麻纱长袍，显得风度翩翩；他胡子刮得很干净，像原来一样细心又讲究。他的社会成就使他富有气度，却又不会显得自视甚高。他行为端正，虽然是国会议员，但他依旧平易近人。略染风霜的鬓角也更添他的成熟魅力。

三年来，凭借可靠的行动与清晰的语言，他在政治论战中树立起威望。他的车身漆成国旗的颜色，停在马路对面亦十分显眼。

相比唐希尔的狂妄自大，我更欣赏达乌达的情难自禁！他的嘴唇颤抖着，暴露了内心的忐忑。他的目光扫过我的脸庞，我只能用问候与寒暄来掩饰自己："阿米娜塔（他的妻子）过得怎么样？孩子们过得怎么样？你的诊所如何？国会情况还好吗?"

这些连珠炮般的问题一方面是为了让他感到自在些，另一方面也是彼此太久没有对话，借机熟悉近况。他的回答相当简短。对我的最后一个问题，他一边回答说"不错"，一边耸了耸肩，在我看来有种挑衅的意味。

于是我接上话头说："国会当然应该不错啊，那可是男人的天下!"

我转了转眼珠，言语间略带调侃。女人总归是女人，即便在葬礼上，也不忘突显自己、引人注意。

达乌达并不傻。我们多年未联系，我又曾拒绝过他的求婚，他清楚我这么说只是想化解他的尴尬，把我们俩之间那块沉默与拘束的帘子拉开来。

"你还是那么尖锐，拉玛杜莱！国会里又不是没有女议员，你又何必冷嘲热讽，言语伤人呢？"

"四位女议员，达乌达，一百多位议员中只有四位。多么可笑的比例！甚至做不到一个区一个女议员！①"

达乌达笑了起来，他的笑声坦率，又具感染力，我也不禁跟着笑起来。

一起放声大笑的时候，我看到他精心修剪过的黑色八字胡下露出了一排整齐的白牙。啊！他那口没有缝隙的牙齿曾经赢得我母亲的信赖。"你们这些女人啊，你们就是炮弹。你们的使命就是摧毁，就是破坏。如果国会里真有一大群女议员，那一切都将被烧毁，被颠覆。"

我们又大笑起来。

笑声平息以后，我皱着眉反驳道："我们可不是纵火犯，充其量是挑衅者！"我又辩解说："在许多领域，我们都要平静地接受诸多非学校教育带来的知识，从历史中汲取养分。我们和你们一样，有权一直接受教育，直到智力的极限。我们有权获得同工同酬的职位。投票权是相当严肃的武器。国家最近颁布了《家庭法》，总算赋予最卑微的女性曾经多少次被忽略的尊严。

---

① 当时塞内加尔全国分为7个行政区，经过一系列调整后，现在分为14个行政区。

"但是，达乌达，对女性的种种限制依然存在；但是，达乌达，那些过去的陋习正在复生；但是，达乌达，利己主义思想正在蔓延。政治领域充满猜忌，还在排斥女性，还能看到不满与愤怒。

"独立将近二十年了！什么时候才会出现第一个女部长，真正参与决定我们国家未来的发展方向？女性的积极性、能力与无私的奉献精神都毋庸置疑，被她们推送上政治舞台的男性也不止一个。"

达乌达全神贯注地听我说话，但我感觉我的声音比我的思想更能吸引他。

我补充道："什么时候文明社会能够不以性别，而是以价值为标准评判呢？"

达乌达·狄昂的注意力投射在我身上，他享受着梦想成真的微醺。而我呢，我就像一匹脱缰的马，被禁锢了许久，终于获得自由，正放蹄陶醉于天地的辽阔。啊，能面对面拥有一名平等的对话者，还是一名爱慕你的对话者，这多么令人欣喜！

我还是原来那个拉玛杜莱……有点尖锐的拉玛杜莱。

我把达乌达·狄昂拉进了我的狂热。他是个正直的人，每次都是被局势所驱，为了争取社会公正而参与斗争。他步入政坛也并非为了钱财名望，而是出于对同伴的友爱，对错误与不公的愤恨。

"你在指责谁呢，拉玛杜莱？你应该听说过我在国会的表现，我都被同僚指责是'女权主义者'了。而且我也不是唯一一个要求更改选举规则，吸收新力量的议员。女性不应该再被当作装饰的配件、可以任人摆布的物品，或是可以用承诺来讨好或安抚的伴侣。女性是一个民族最紧要、最基础的根，其他一切都嫁接其上，盛开其上。首先应该鼓励女性多关注自己国家的命运。即便是正在抗议的你，相比公共事务，你也更关心你的丈夫、你的孩子、你的班级。如果党内只有男性在奋斗，他们又何必要提高女性的比例？分蛋糕时，正常人都会给自己留块大份的。

"视野不要太过狭窄，要关注全国民众的命运。没有人天生好运，即便我们看上去像是富人，我们的积蓄也要用来保证选民的支持，否则就有可能落败。要治理好一个国家并不容易。权力越大，感触越深。苦难让你揪心，你却无力对抗。苦难可能是物质上的，也可能是精神上的。生活水平的提高需要住房、道路、水井、诊所、药物、粮食等。我也赞成各地区轮换主办独立庆典，这种做法好处多多，有助于地区的投资与整改。

"可这一切都需要资金，需要大笔的资金，需要到别人那里去找，要赢得别人的信任。我们一年只有一次雨季，农作物也过于单一。仅靠一腔热血，单打独斗，塞内加尔是走不远的。"

夜幕很快降临，开始笼罩一切，包括客厅的百叶窗。穆安津[1]

---

[1] 穆安津（Muezzin）：伊斯兰教职称谓。阿拉伯语音译，意为"宣礼员"，即清真寺每天按时呼唤穆斯林做礼拜的人。

进来通知做昏礼①，乌斯曼踮起脚尖拨动开关，灯光突然亮起，带来满室光明。

达乌达深知我的为难之处，起身准备离开。他把乌斯曼高高抱起来，小男孩咯咯地笑着，伸直胳膊去够电灯。他把淘气鬼放到地上，对我说："明天见。我本来有事要说，结果被你带着讨论政治去了。不过所有讨论都能增长见识。"他又说了一遍："明天见。"

他微笑着，露出的牙齿排列得整整齐齐。他微笑着打开门。我听到他的脚步声渐行渐远。不一会儿，他的车发出强烈的轰鸣声，载他驶上回家的路。

面对阿米娜塔，他的妻子，同时也是他的表妹，他会怎样解释晚归的原因呢？

第二天，达乌达·狄昂如期而至。但我的姨妈们也前来拜访，他不便说话与久留，只能先行告辞，这对我来说是幸运，对他来说是遗憾。

---

① 伊斯兰教规定每天要做五次礼拜，分别为晨礼、晌礼、晡礼、昏礼及宵礼。

第二十章

求　婚

今天是周五。做了一次大净①之后，我感到全身的毛孔都舒展开来，神清气爽。

香皂的气味沁人心脾。我脱下皱巴巴的丧服，换上了干净的常服。因为洁净一新，我的心情大好。今天，我会是众人瞩目的焦点。我深信女性的一大特质就是洁净。倘若干净整洁，最破旧的茅草屋也讨人喜欢；倘若藏污纳垢，最奢华的别墅也令人生厌。

那些我们称为"家庭妇女"的女性实在了不起。她们保障了家庭的基础运作，却无法得到实质的报酬。她们的劳动带来熨烫好的整齐的衣物，带来光可照人的瓷砖地面，带来散发诱人饭香

---

① 伊斯兰教分大净与小净。大净即用净水洗涤全身，小净即用净水洗涤部分肢体和某些器官。一般成年的穆斯林在封斋前必须大净，在礼拜前或为功修而诵读《古兰经》时必须小净。

的欢乐厨房。她们默默装扮屋子，处处可见精心：这边花瓶里插着怒放的鲜花，那边墙上挂着色彩宜人的壁画。

把家打理得井井有条是一门艺术，我们为此艰辛学习，且永无止境。甚至安排饭菜也绝非易事，因为要考虑到一年有三百多天，每天又要分三餐。掌管家庭财政需要圆滑、机警与慎重，从月初到月末，一旦掉以轻心，就会遇上棘手的情况。

生为女人！作为女人！啊，阿伊萨杜！

这天晚上，我心神不安，别因此嘲笑我。生活的甜美，在于爱。生活的咸鲜，仍是爱。

达乌达又来了。这一次他改穿一身蓝色的麻纱套装，第一次他穿的是灰色的，第二次则是咖啡色。

一进门，他就像第一次拜访时我做的那样，一口气问了好多问题："你还好吗？孩子们都好吗？乌斯曼呢？"听到自己的名字，乌斯曼跑了进来，嘴边还沾着巧克力，他都已经吃了一天的巧克力了。

达乌达抓住他，小淘气蹬着腿想要挣开。达乌达在他屁股上轻轻拍了一记，把一本图画书塞到他手里，这才放开他。乌斯曼尖叫一声，兴高采烈地跑上楼，要向其他人炫耀自己得到的礼物。"今天没有客人？我已经准备好辩论了……我可来自那个以男性为主导的国会。"他狡黠一笑。

"你可别以为我是在开玩笑。民主开始改变国民的现状，我为此欢欣鼓舞，你的政党也应该以此为荣。你们行动的核心是社会主义，如果能像你们书记宣扬的一样贴合社会现实，那就实现了我的憧憬。我们现在所开的特例不容忽视，塞内加尔提供了一种新的政治模式，赋予国民暌违已久的自由。"

"别再聊政治了，拉玛杜莱。我可不愿像上次那样被你的话题牵着鼻子走。我天天都听到'民主''自由''斗争'等字眼。休战，休战，拉玛杜莱，还是听我说吧。广播里说你拒绝了唐希尔的求婚，是真的吗？"

"是的。"

"现在轮到我了，这是我这辈子第二次向你求婚……当然是等你服满丧期。我对你的感情始终如一。我们之间的疏远、你的婚姻、我的婚姻，这些都无法扼杀我对你的爱。疏远使这份感情更加敏锐，时间使其精心沉淀，我的成熟使其剥落外衣。我爱你，爱得热烈，也爱得理智。你是带着年幼孩子的遗孀，我是一个家庭的男主人。我们俩都背负着'过去'的包袱，但这正好帮助我们理解彼此。我向你展开双臂，邀你一起拥抱新的幸福，你愿意吗？"

我睁大了眼，不是出于惊讶——一个女人的直觉总能提前预知此类事件——而是出于陶醉。是的，阿伊萨杜，这些甜蜜的话语，我已经多年不曾听到。可不管是过去，还是现在，甜言蜜语都使我神魂颠倒，我并不耻于承认这一点。

国会议员最后理性地总结道：

"你不用马上回答我。好好考虑一下。明天同一时间我会再来。"

似乎有些尴尬于自己吐露的心声,达乌达微笑了一下,就起身离开了。

紧接着,我的格里奥邻居法玛塔猛闯进来,一脸兴奋。她总是用贝壳占卜,只要现实稍微与预言相符,她就激动不已。

"我碰上了占卜里说的那个穿西式服装、健壮又富有的男人,他给了我五千法郎。"

她向我挤了挤眼。她的目光深邃又刺人,总是试图打探别人心底的秘密。

"我替你做了施舍,一红一白两颗可乐果。"她承认说,"我们命运相连,你的影子庇佑我。我们不能砍掉能遮荫的树,我们要给树浇水,为它守夜。"

可恶的法玛塔,你的想法和我完全不搭边!你看我坐立难安,就揣测我是为爱困扰,事实压根就不是这样。

/ 第二十一章

拒　绝

明天？这么短的时间哪够思考？尤其是后半生可能因此完全改变，尤其是前半生已经遍尝失望的泪水！我眼前浮现出达乌达的模样，他目光睿智，说话时嘴唇会倔强地噘起来，这个生来悲天悯人的男人其实十分温柔，总是与人为善。我总能看穿他的想法，他在我面前就像一本摊开的书，每个字符都是代码，却都很容易破解。

我的心终于渐渐平静下来，不再随着之前告白的狂风暴雨而躁动。质朴的话语只是让我动容，却没有到要举白旗的地步；我的欢喜，来自长久未曾体验到的温柔，来自渴望被瞬间满足的感动。

然而我无法兴高采烈地庆贺，狂欢对我来说没有吸引力，因为我的心并不爱达乌达。我的理智欣赏这个男人，但心和理智并不总是合拍的。

我多么希望自己能爱上这个男人，答应他的求婚！并非因为我对逝者还念念不忘。彼世之人只活在未亡人的感情里，活在生前的善行中。也并非因为我的孩子们尚且年幼。相比曾经抛弃他们的莫多，达乌达可能更胜任父亲的角色。三十年之后，我的拒绝仍出自我的本心。我无法说出具体的原因，也许只是我们俩气场不和。达乌达认真负责的好名声也对此无济于事。

好丈夫？是的。闲言闲语总喜欢捕风捉影地说一些名人的八卦，但流言似乎一直不曾蔓延到达乌达身上。他的妻子也是他的表妹，两人在我结婚后的第五年共结连理。这出于责任而非爱情（又是男性的自圆其说）的结合为他带来了后代。他有妻有子，肩负家庭责任，事业成为他心灵的避风港。

他从来不会独自参加宗教仪式，无论是出席政治会议，外地出访，还是参加各类吸引选民的社会活动，他也总是带妻子同行。

用贝壳占卜的格里奥法玛塔在出发前说："你母亲是对的。达乌达简直完美。今天这个圣人给了我五千法郎！达乌达既没有休妻再娶，也没有抛弃自己的孩子；你现在年纪大了，又有家庭负担，他再来找你，可见是真爱；他能帮你养育孩子。好好考虑一下，接受他吧。"

理想的人选！可再理想的人选也敌不过吸引力的法则！为了

避免在自己的屋檐下伤害他的感情，我请法玛塔做信使。把封好口的信交到她手里时，我叮嘱道："只能把信交给他，别让他的家人看到。"

这是我第一次有求于法玛塔，为此颇感局促。法玛塔却兴致极高，抱怨说自己从小就幻想着扮演信使的角色，可我总是独自处理问题，她没有任何可以插手的地方，每次都是尘埃落定之后收到通知，就像个"普通朋友"。她丝毫不知道自己手上拿着的是一封残忍的拒绝信。

达乌达的诊所离"法莱那"别墅不远。门口几米远就有一个快车停靠站。

诊所的资金来自国家担保的银行贷款，有意向的医生和药剂师都能申请。达乌达能够一直从事医生的工作就得益于此类贷款。他认为一名医生没有权利背弃自己的本职工作："医生不能量产，因为成为一名医生需要漫长又艰苦的学习过程；医生从事自己的本职工作，比从事其他工作要有用得多；如果能将本职与其他活动结合起来，那当然是好事；但为了其他活动放弃治疗病人，那可真是主次颠倒！"达乌达曾在我们共同的朋友面前这样发表过自己的观点，比如他的同事马沃多·芭与桑巴·迪亚克。

法玛塔耐心地排队，终于在会诊室见到达乌达时，她把封好口的信交给他。达乌达读到这样的内容：

达乌达：

你追求的这个女人并没有变，达乌达，尽管她经历了诸多痛苦。

你曾爱过我，你仍爱着我——我对此毫不怀疑——但请试着理解我。

我无法说服自己的心去成为你的妻子，你的诸多高贵品格令我尊敬，可这并不能成为我接受你的理由。

你值得拥有一切，我却不能回报你更多。尊敬并不意味着两人就能成为夫妻，婚姻生活中的陷阱我已经深有体会。

而且，你还有妻子和孩子，这使情况更为复杂。因为另一个女人，我曾被抛弃过，又怎能毫无芥蒂地介入你的家庭？

你把一夫多妻的生活想得太简单了。只有经历过的人才了解其中的束缚、谎言与不公，快乐是短暂的，心灵上的沉重却无时无刻不在。我相信你的求婚是出于爱，一份在你的婚姻之前就存在的爱，一份命运无法令其圆满的爱。

我眼里饱含泪水，心中无比哀伤，我请求你接受我的友谊，亲爱的达乌达。如果你来家里拜访，我将会满怀欣喜。

回见，好吗？

拉玛杜莱

法玛塔告诉我她送信时原本满面笑容，可随后却变得越来越无所适从，因为达乌达看信时皱起了眉，时而咬唇，时而叹气。她观察到他隐忍的悲伤神情，本能地撤下了脸上的笑容。

达乌达放下信。他平静地往一个信封里塞了些蓝色的钞票。他在一张便条上潦草地写了一句话，一句曾经让我们分开的话，一句他在医学院学会的话："全或无①，永别了。"

阿伊萨杜，达乌达·狄昂再也没有来过。

"奉至仁至慈真主之名！奉至仁至慈真主之名！②你怎么敢那么写？还让我做信使！你谋杀了一个男人。他窘迫的神情已经揭示了内心的伤痕。你拒绝了真主的安排，不愿走光明大道，自讨苦吃，真主会惩罚你的！你拒绝了真诚与爱，你会活在泥沼当中！我祝你再找一个莫多，让你再尝尝血和泪的滋味。

---

① 全或无（tout ou rien）：此处指全或无定律，亦称悉无律，生物医学概念。由鲍迪奇根据蛙的心脏实验首先提出，即当所加刺激较弱时，心脏上看不到任何反应；当刺激超过一定强度时，便引起一定的收缩；再增强刺激强度，则不会引起更大的收缩。也就是说根据刺激的强或弱只能产生收缩或不收缩两种反应。

② "奉至仁至慈真主之名（Bissimilaï）"是《古兰经》第一章第一句话。

"你以为自己是谁？五十岁了，你居然还敢挑三拣四！你已经毁了自己的运气！达乌达·狄昂财富、名望都不缺，他既是议员，又是医生，和你同龄，还只有一个妻子。他把他的爱与庇佑献给你，你却拒绝了！外面不知道有多少女人，甚至是达芭这个年纪的女人，都恨不得取代你呢！

"你会清醒的。你光惦记爱情，不想着面包。夫人还想要心脏怦怦跳呢！是不是还得像电影里一样送花才好？

"奉至仁至慈真主之名！奉至仁至慈真主之名！你已经不年轻了，还想和一个十八岁的姑娘一般挑个好丈夫。你对命运安排的惊喜置之不理，拉玛杜莱，你会后悔地捶胸顿足的。我不知道达乌达写了什么，但我知道他在信封里放了钱。这要是在蒙昧时代，他准是个圣人。愿真主保佑他，保佑达乌达·狄昂，我的心与他同在。"

这就是法玛塔送信回来后对我的斥责。她的话使我心神不宁。我们两家人自幼交好，这位童年伙伴虽然直言相斥，听上去又很有道理，但我却没法接受……为了理想，我又一次拒绝走容易的路。我重归我的孤独，即便一束光曾短暂地照亮这条路。我又披上孤独的大衣，就像披上一件剪裁舒适的熟悉外套，尽管不讨法玛塔喜欢，我却能披着这件外套行动自如。我希望为了"其他东西"活着。这个"其他东西"必须经过我内心的同意。

拒绝了唐希尔和达乌达之后，我与追求者之间的壁垒更为明显。追求者来来去去，包围着我。年纪大的想一步致富，年轻的则是碰碰运气，反正自己也无所事事。我不断地拒绝，城里开始有人给我起外号，叫我"母狮"或"蠢蛋"。

为何会有如此多的追求者？我的魅力早已被生育、时光与泪水消磨殆尽。啊，是遗产！我的女儿达芭与她的丈夫继承了一大笔遗产，又转到我名下让我自由支配。

他们俩主持分配了莫多的遗产，当时曾引发诸多争吵。我的女婿展示了两份证明，一份是比娜图所住的那套别墅的预付款证明，另一份是五年来还贷的证明。别墅最终归到了达芭的名下。她还在执达员的协助下，清算并买下了别墅里的家具。

"法莱那"别墅的归属很清楚：十年前，我们俩用各自的收入共同做抵押，获得银行贷款以后购买了土地，并建起别墅。两年前更换的家具都是我一人购置的，我为此出具了发票作为证明。剩下的还有莫多的衣物，有一些是我为他挑选打理的，另一些则属于他的第二个家庭。我难以想象这些过分年轻的衣物穿在莫多身上的可笑模样……这些留给了他的家人。

送给岳母女士及其女儿的珠宝与礼物当然归她们所有。

岳母女士抽泣着哀求，说自己几乎一无所有，她不想搬家，请大家发发慈悲……

但就像所有的年轻人一样，达芭对她没有恻隐之心。"你还记得吗？我曾是你女儿最好的朋友，你却把她变成了我母亲的情敌。
你还记得吗？五年来，你使一个母亲和她的十二个孩子失去支柱。
你还记得吗？我母亲为此饱尝苦水。一个女人为什么能狠心破坏
另一个女人的幸福呢？你不值得同情，搬走。至于比娜图，她是
受害者，你的受害者。我同情她。"

　　岳母女士啜泣着。比娜图呢？……她一脸冷漠。旁人的话她
并不关心。她内心已经是一潭死水……从她与莫多举行婚礼的那
天开始。

第二十二章

达　芭

一种深深的乏力感从我的心底蔓延至全身。

我最小的儿子乌斯曼把你的信递给我。他才六岁，就已经知道这是"阿伊萨杜阿姨的信"。

你所有的来信都由他专门送给我。他怎么能认出来哪些是你的信呢？是邮票，信封，你隽秀的字迹，还是信上的薰衣草香味？孩子拥有一套与成人不同的辨别系统。乌斯曼为自己的发现得意扬扬，仿佛打了场胜仗。

你写的这封信让我整个人舒缓下来。你提醒我快要"结束"了。我算了算，的确，明天就是我作为遗孀隐居的最后一天。明天你会过来，我能看见你，听见你，触碰到你。

"结束还是开始？"我会用双眼去丈量你最细微的变化。我已经检视过自己：隐居生活让我肤色变浅，烦恼使我皱纹增多，我清瘦了一些，原来有肉的地方现在能摸到骨头。

当下的躯体并不重要，重要的是推动我们前行的思想，是鼓舞我们行动的活力。你已经无数次向我证明友谊比爱情更为崇高。时间和空间的阻隔连同回忆一起加固了我们之间的联系，使我们的孩子彼此成为兄弟姐妹。一旦重逢，我们会一起哀叹褪色的姿容，还是会为新的丰收准备新的种子呢？

我听见达芭的脚步声。她刚从布莱斯·迪亚涅高中回来。因为老师叫了家长，她代替我去了学校。事关我儿子马沃多·法勒和他哲学老师之间的冲突。老师发回改好的作业时，他们俩之间常会起争执。

达芭和马沃多·法勒的年龄差距较大，因为其间我曾经两次流产，这点你知道。

达芭去调解的这次冲突，算起来已经是六个月里的第三次了。马沃多·法勒在文科领域拥有非凡的天赋。从初一开始，他就一直是哲学课上的第一名。可今年，因为忘记将首字母大写，少写一个标点，或是一个拼写错误，老师就要扣掉一两分。班上的白人学生让·克洛德原本总是屈居第二，就可以因此跃居第一。老师无法容忍哲学课上的第一名是个黑人。马沃多·法勒心气不平，每每要为此抗议，从而引发随后的摩擦或冲突。

达芭本来要去跟老师争辩，但我安抚住了她。生活永远是在妥协。我解释说，关键还在于期末考试的论文……而这同样取决于阅卷者的个人意见，没有人能够影响他。那么为了平时论文的一两分去反抗老师，这对学生的未来又有什么好处呢？

我总对孩子们说，你们是父母所抚养的学生，要努力学习，不辜负他们的牺牲。与其抬头抗议，不如低头学习。长大成人后，要使自己的理念受到重视，就应学到相应的知识，并有文凭来证明。文凭并非神话，并不绝对，却能证明你的知识、你的付出。明天，选举你认为合适的人来领导这个国家，这将不再是我们的决定，而是你们的。

我们当今的社会根基并不稳固，一边是外来的不良风气的引诱，另一边是孱弱的传统价值的抵抗。

父母梦想子女能够出人头地，因而灌输给孩子更多的不是教育，而是技巧。污染不仅弥漫在空气当中，也渗入民众的心里。

我们是上一代的人，也许已经是"过时的""脱节的"或是"摇摇欲坠的"。但我们四人都严于律己，清白做人，经历过痛苦的自我拷问。阿伊萨杜，尽管我们的婚姻结局不幸，但不得不承认的是，我们的丈夫各有其伟大之处。即便看不到胜利的曙光，他们也坚持战斗。千年的历史重压并非人人都能咬牙扛下来的。

我注视着年轻一代。当名誉受损，需要讨回公道时，他们清亮的眼神、准备还击的拳头在哪里？当需要完全让步时，他们强烈的自尊心在哪里？生存的欲望扼杀了生存的尊严。

我跑题了，回到马沃多·法勒的事上来。

高中校长圆满地处理了两人之间的冲突。但这是支持一个学生去反对老师！

达芭站在我身边，因为完美完成任务而一身轻松，正咧着嘴笑。

达芭在自己家里的家务活并不繁重。她的丈夫同样拥有一手好厨艺。当我说他是在"惯坏"妻子时，我的女婿回答道："达芭不是我的奴隶，也不是我的仆人，她是我的妻子。"

我能感受到这对年轻夫妇之间的温情脉脉，这正是我梦想中夫妻的样子。他们融为一体，凡事有商有量。

可我仍不禁为达芭担心，因为生活的道路崎岖坎坷。当我说起自己的担忧时，达芭只是耸了耸肩："婚姻并不是一条锁链，而是双方彼此融入的生命规划。任何一方倘若不能在这种结合中继续受益，又何必勉强留下来？有可能是阿布杜（她的丈夫），也有可能是我。女性也能主动提分手，不是吗？"

这个孩子，她总是要说理……她常说："我不想参与政治，不是说我不关心我们国家的命运，尤其是妇女的命运，而是我看够了同一个政党内部毫无益处的争执，看够了男人对权力的贪婪，我情愿袖手旁观。我不害怕意识层面上的斗争，但在一个政党内部，女性很难平步青云。决策权在很长一段时间内都还将由男性把持，而人人都知道，家庭生活是女性的天下。我更喜欢我所在的协会，没有竞争，没有分裂，没有中伤，没有争执，没有要瓜分的权力，也没有要犒赏的职位。主席每年轮值。我们每个人都有同样的机会来实现自己的价值。我们根据能力各司其职，组织的各类活动都是为了提高妇女的社会地位。我们的收入用于人道事业。和政党一样的战斗精神驱使我们前进，但这种战斗精神是健康的，唯一的奖赏是内心的满足。"

这个孩子，她总是要说理……她对一切事物都有自己的观点。

我看着她，达芭是最大的孩子，过去一直帮我照料她的弟弟妹妹。现在是和你同名的阿伊萨杜接班，保证家务的正常运转。

阿伊萨杜要负责给最小的两个孩子洗漱：八岁的乌玛尔和你的"忘年交"乌斯曼。其他孩子都能自己照料自己。阿米娜塔和阿瓦这对双胞胎受过训练，能给阿伊萨杜搭把手。

这对双胞胎长得如此相像，我自己有时也会分不清楚。她们很淘气，喜欢捉弄别人。阿瓦的活干得没有阿米娜塔好。她们俩长得如此相像，为什么性格会不尽相同？

在养育方面，年纪小的孩子们要省心得多：洗澡，吃饭，大人看管着，照顾着，就可以健康成长。当然小战役几乎每天都要打响，摔伤、感冒、头疼，我已经精通疗法。

一旦遇上大毛病，马沃多·芭会来帮忙。虽然我谴责他的软弱毁了你们的婚姻，但我也要由衷赞美他的帮助。即便他的好友莫多已经远离这个家庭，但无论何时，我都可以打电话叫马沃多来家里帮助看病。

第二十三章

"三剑客"

年长的孩子带来烦恼。每次想起祖母的话，我的烦恼就会减轻一些。这位充满百姓智慧的老人能用俗语来解释每一件事，她总爱说："一个家族的母亲没有时间远行，却有时间走向死亡。"她抱怨自己睡不够，还有繁重的家务要做："啊，就没有一张床可以让我躺下来。"

我淘气地把家里的三张床指给她看。她怒气冲冲地回答："生活在你的前方，不在你的背后。愿有一天真主让你体会到我的处境。"如今我就体会到她的处境了。

我以为一个孩子可以毫无意外地出生、长大。我以为我们在他面前画一条直道，他就会高高兴兴地走下去。然而，我终于明白祖母的预言并非空穴来风："生自同一对父母并不意味着孩子们就会相似。他们的性格与相貌都有可能不同，也通常都会不同。"

"生自同一对父母的人，就像在同一个房间里过夜的人。"

由于担心她的预言会导致我对未来的恐慌，祖母又补充了解决方法："针对不同的性格，要使用不同的手段。对这个孩子要严厉，对那个孩子要怀柔。年纪小的可以用体罚来镇压，年纪大的却可能因此和你闹翻。母亲的神经每天都要经受严苛的考验！可这是身为母亲注定的命运。"

勇敢的祖母，我从你的教导与言行中获取勇气，来面对艰难的抉择。

有天晚上，我吃惊地发现"三剑客"（家里的叫法）阿哈姆、雅欣和迪耶娜巴正在房间里抽烟。从姿态就可以看出她们这已经不是第一次了：指间夹着烟，优雅地抬到嘴边，像老烟枪般嗅一嗅，鼻翼颤抖，喷出烟雾。这些女孩一边吞云吐雾，一边背书或写作业。她们关上门贪婪地取乐，这一切都因为我想尽可能地尊重她们的隐私。

有人说迪耶娜巴、阿哈姆和雅欣三人很像我。她们彼此亲密无间，拥有诸多相似之处。她们组成一个小团体，面对其他兄弟姐妹的亲近，不是怀疑就是抵触；她们共享裙子、裤子和上衣，因为三人的身材都差不多。我从来不曾介入她们之间的纠纷，"三剑客"是出了名的好学。

可这样的纵容带来的回报却是抽烟！这一发现使我勃然大怒。一个女孩的嘴里吐出的不是芬芳气息，而是刺鼻的烟草味！牙齿不是白得发亮，而是被尼古丁染得黑黄！话说回来，她们的牙齿都还洁白如新，这是怎么做到的？

我觉得女人穿裤子很可怕，因为我们和西方人不同，我们的曲线天生突出。裤子会突显黑人女子的圆润线条，使腰部的拱起变得分外明显。但我还是接受了穿裤子的风潮，尽管这给躯体带来的并非解放，而是包裹与束缚。因为女孩们想要"赶时髦"，我就同意她们将裤子挂在衣橱里。

我突然害怕起这些所谓"进步"的风尚。她们不会还喝酒吧？谁知道呢？一种恶习也许会导致另一种恶习的出现。现代化是否就一定伴随着道德的败坏？

因为赋予女孩们一定的自由，我是否对此负有责任？以前，我的祖父禁止年轻人到家里来。晚上十点钟，他就会手持铃铛，提醒来访者家门即将关闭。伴随着有节奏的铃铛声，他每次都会喊："不住在这的人滚蛋！"

我呢，我让女儿们时不时出门。没有我的陪伴，她们也能单独去看电影，在家里接待小伙伴。我的决定有据可循：到了一定的年纪，男孩或女孩就会义无反顾地投入爱情的怀抱。我希望我的女儿能以健康的心态去发现爱情，而不要有罪恶感，不要故弄玄虚，不要自我堕落。我试图了解孩子们的交友情况，创造一种适当的氛围，既使孩子们维护自己的感情，又与母亲彼此互信。

现在可好，她们从朋友那沾染了吸烟的陋习。我试图掌控一切，却对此一无所知。我耳边又听到祖母的声音："你喂饱了肚子也没用，他还是会背着你大快朵颐。"

我要好好思考。要制止丑恶行径需要重新安排。如果祖母还在世，也许会这样建议：新的时代需要使用新的方法。

我可以接受被叫作"老古董"。我既然知道烟草的危害，就不会任凭孩子们接触。我的道德感使我排斥烟草，就像排斥酒精一样。

从那以后，我开始毫不留情地追踪烟草的气味。它会跟我躲猫猫，考验我的警惕心。它行踪隐秘，会挑拨我的嗅觉，又随风消散。它最喜欢躲在卫生间里，尤其是晚上。但它已经有了羞耻心与警觉心，不敢再耀武扬威。

第二十四章

闯　祸

今天，我没能清净地做完晨礼：我本来跪坐在席子上，却被街上传来的尖叫声惊得一跃而起。

我站在走廊上，看到阿里乌那和马利克哭着走回家来。他们看上去十分狼狈：衣服扯破了，身上满是摔倒后沾上的尘土，短裤下露出的膝盖在流血。马利克的毛衣在右边袖子处裂了一道大口，露出的手臂无力地垂在身旁。一旁扶着他的孩子对我说："一辆摩托车把阿里乌那和马利克撞倒了。我们当时在踢球。"

一个年轻人走上前来。他留着长发，戴着白色镜框的眼镜，脖子上挂着护身符，穿着一套牛仔服，身上满是灰印，显然被孩子们一拥而上推搡报复过。他腿上有道伤口。在孩子们敌视的目光中，他显得局促不安。与颇为狼狈的外表相反，他说话虽然带有一点口音，但言行举止都彬彬有礼："我左拐时才看到孩子们，但那时已经太迟了。我以为那是条单行道，压根没想到孩子们在那设了个球场，刹车也来不及了。我撞到了当作球门的石头，摔下车时把您的两个孩子还有另外三个男孩给带倒了。我很抱歉。"

这个骑摩托车的年轻人风度翩翩，使我吃惊。我发火了，但不是冲着他。我知道在城里的街道上，尤其是在伊斯兰教区的街道上开车有多么困难。对孩子们来说，马路就是他们的游乐场。他们一旦占据街道，就完全沉浸在自己的世界里。他们围着球东奔西跑，个个都像小疯子。倘若没有球，他们就找厚布头扎圆了代替。有什么关系呢？他们照样能疯玩。驾驶员只能靠刹车、按喇叭和保持冷静来开路，孩子们胡乱地让开一条道，车一通过，他们又很快推搡着玩作一团，甚至更加狂热地叫喊。

"年轻人，你不需要为此负责。犯错的是我的孩子们。他们趁我做晨礼时跑出去玩。年轻人，你可以离开了，不，还是留下来吧，我让人把碘酒和棉花送来，为你的伤口消毒。"

阿伊萨杜，我那个与你同名的女儿，她取来了碘酒和棉花。她先给陌生人的伤口消毒，然后才轮到阿里乌那。小区里的孩子对我的反应不满。他们觉得应该惩罚这个"坏事者"，我强硬地阻止了他们。啊，孩子们啊！他们引发了事故，却还得寸进尺要惩罚受害者。

马利克垂着的手臂似乎断了，因为看上去有些不自然。"阿伊萨杜，快，快，送马利克去医院。如果你没找到马沃多，就去急诊处。快去，快去，我的姑娘。"阿伊萨杜很快换好衣服，又动作迅速地帮马利克擦洗和换衣服。

伤口虽已凝结，却仍有几滴血落在地上，留下深色的难看印记。我一边擦洗地板，一边思考人的身份问题：同样的鲜血滋养同样的器官；同样的器官分布于同样的人体部位，担负同样的功能。同一片天空下，同样的药物治疗同样的病痛。不管是黑人还是白人，所有人彼此联系。那么为什么因为虚无的理由，人类要发动肮脏的战争来自相残杀呢？战争毁灭一切！与此同时，人类自认为是更高级别的生物。我们的智慧用于何处？我们的智慧既创造善与美，也创造丑与恶，通常恶比善多。

我重新在席子上坐下来。这张席子上绘有一座绿色的清真寺，就和净礼的水壶一样，都是我专用的。阿里乌那还在抽泣，他把乌斯曼从我身边推开，抢占了座位，想要寻求我的安慰。我非但拒绝安抚，还抓住机会教育他：

"街道不是游乐场。你今天侥幸没出事。可明天呢？不当心的话……你可能会和哥哥一样受伤。"

阿里乌那抗议说：

"可附近没有游乐场。妈妈们都不让我们在自家的院子里玩。那我们怎么办？"

他的说法并非没有道理。规划城区建设的人在安排绿化时，就应该设置游乐场。

几个小时以后，阿伊萨杜和马利克从医院回来了。马沃多再次精心照顾了他们。马利克右手打了石膏，说明的确是断了。你把孩子们生到这个世界上，满心欢喜，殊不知这种欢喜需要你日后付出沉重的代价。

接下去，我的朋友，坏事接踵而至。我的命运就是如此：一旦沾上厄运，就无法逃脱。

阿伊萨杜，与你同名的姑娘，她怀孕三个月了。格里奥法玛塔精心安排，终于使我发现了这个可怕的事实。也许是她听到了外面的风言风语，也许是她敏锐的观察力起了作用。

每次要打断我们之间的谈话（我们俩的观点从来都没有一致过），她就扔贝壳，嘴里发出"哈"的声音，表示不满。她一边叹着气，一边从乱糟糟的贝壳堆中推断出来：一个少女怀孕了。

我其实已经注意到阿伊萨杜的骤然消瘦，她食欲消减，乳房却更见丰满：这些迹象足以揭穿她想要隐藏的怀孕真相。

可青春期的孩子同样会变样，可能变瘦，可能变胖，总是会长高。而且在她父亲去世后不久，阿伊萨杜曾经发作过一次很厉害的疟疾，被马沃多·芭治好了。从那以后，她就不像以前那样圆润了。

阿伊萨杜想要保持苗条的身材，不愿再胖回去。因此不管她是缺乏食欲，还是变得挑食，我都理所当然地以为她是在保持身材。她瘦了以后穿上裤子显得空荡荡的，因而改穿裙子，我还为此在心中窃喜。

有一天，小乌玛尔告诉我，每天早上为他洗澡的时候，阿伊萨杜都会在浴室里呕吐。但面对我的质疑，她否认了身体的异样，只说是水混着牙膏刷牙时犯了恶心。乌玛尔后来再也没说起过呕吐的事，我便没有继续关注。

我怎么可能想到这突然曝出的事实真相竟是如此？我怎么可能猜到我的女儿——之前还在抽烟事件中安慰我的女儿——这回竟然闯出更大的祸来？无情的命运再一次捉弄了我。而我就像以前一样，手无寸铁，毫无招架之力。

法玛塔每天都要用贝壳占卜，也越来越坚持此前的判断："一个少女怀孕了。"她似乎饱受其折磨，一天比一天心焦。她把占卜结果给我看，解释说："你看！你快看呀！这个贝壳单独在一边，凹面朝天。再看这个贝壳，白色的壳面朝上。这两个贝壳互相匹配，就像锅和盖一样。说明孩子就在肚子里，和母亲融为一体。这两个贝壳远离其他贝壳，意味着这是个没有依靠的女人，也就是说没有丈夫。这两个贝壳都又瘦又小，可以确定是个年轻女孩。"

她把贝壳扔了又扔，嘴里念念不休。贝壳时而分开，时而聚拢，时而交叠。叮叮当当的占卜声不绝于耳，那两个贝壳始终为一组，却总是远离其他贝壳，昭示着不幸。我只在一边百无聊赖地看着。

一天晚上，也许是厌倦了我的无知无觉，法玛塔鲁莽地提议：

"问问你的女孩们，拉玛杜莱。问问她们。做母亲的总要做好接受坏事的准备。"

一方面拗不过她的坚持，另一方面自己也心存疑虑，我接受了她的提议。法玛塔一跃而起，仿佛怕我改变主意，用如羚羊一般敏捷的动作冲进阿伊萨杜的房间。出来的时候，她眼睛里闪烁着胜利的光芒，阿伊萨杜哭着跟在她身后。法玛塔把蜷在我怀里的乌斯曼赶出去，锁上门说："贝壳占卜不可能每天都出错。如果结果一再重复，那说明一定有问题。水和沙子混在一起成了泥团。收好你的泥团吧！阿伊萨杜承认她怀孕了！我告诉你真相，是为了拯救她。你呢，你什么也猜不到，她又不敢对你坦白，要不是我，你们俩这样的僵局永无可解。"

情感突然涌上心头。面对指责，我原本都反应迅速，这回却哑口无言。真相的炙热使我昏头昏脑，喘不上气来。我闭上双眼，又重新张开，咬了咬舌尖试图恢复理智。

发现这样的事实，脑海里首先浮现出的问题是：是谁？这个小偷是谁？因为他的确犯了偷窃的罪行！这个破坏者是谁？因为他的确犯了破坏的罪行！是谁那么大胆？是谁？是谁？阿伊萨杜说出了一个名字：易卜拉依玛·萨勒。在随后的坦白中，她很快将男孩的名字简称为伊巴。

我看着女儿，目瞪口呆。她如此有教养，对我如此贴心，在家里如此热心，在任何方面都如此能干，可一个如此优秀的姑娘却干出这样的事来！

伊巴是个法学专业的大学生。他们俩在朋友的生日聚会上相识。倘若阿伊萨杜中午不回家，伊巴有时会去学校找她。他曾两度把阿伊萨杜带到他大学城的宿舍里去。她承认两人已经在一起了。不，伊巴没有怂恿她，也没有强迫。两人之间发生的事算是水到渠成。伊巴知道她的状况，他拒绝了一个朋友的"帮助"。他认定她了。伊巴享有奖学金，他决定节衣缩食也要抚养自己的孩子。

从阿伊萨杜时不时被吸气声和打嗝声打断的讲述中，我得知了事情的始末。阿伊萨杜低着头，我看得出她说的都是事实，没有隐瞒。看得出来，她已经把自己全身心地献给了这个爱人，在她心里，这个爱人已经与我同样重要。阿伊萨杜低垂着眼，知道自己的行为使我不堪重负，使我沉默无语。阿伊萨杜低垂着眼，她听到我的心在滴血的声音。我被抛弃之后成为孀妇，现在又碰上她这件极为严重的事。在女孩里，除了达芭，她最年长，本应该做好榜样……怒火使我紧紧咬住了牙。

就像溺水的人抓住救生圈一样，我想起了在自己悲痛之时，在多年的孤寂里，是我的女儿用温柔与劝慰相伴，我这才掌控住人生的剧变。我求助于真主，就像以前每次遭遇不幸时一样。谁能决定生死？是真主！是全能的神！

何况，我们身为母亲，就是要理解无法理解之事，就是要照亮黑暗。当闪电划破夜空，当惊雷响彻大地，当沼泽陷住脚步，我们身为母亲就要保护孩子。身为母亲，就要给孩子无穷无尽的爱。

我要成为屏障，为我的女儿抵御一切挫折。在这冲突的时刻，我检视自己与孩子之间的所有联系。我仿佛看到脐带又连接了我们俩，经历时空的各种考验仍坚不可摧。我仿佛又看到她躺在我的身边，在粉色的襁褓里手舞足蹈，她的小脸蛋皱皱巴巴，头发如丝般光亮。我无法受骄傲的驱使，抛弃这个孩子。她的生命与未来是如此重要，超越了我对社会禁忌的顾虑，超越了我的心与理智，凌驾于一切之上。她的生命力在拷问我，她在蠕动着要求绽放，她在颤抖着祈求保护。

是我太过失职。我以为天下太平，对她心灵上的不安、身体上的煎熬、思想上的折磨，对她所孕育的奇迹，我没有丝毫察觉。

我们身为母亲，就要准备好面对洪水的侵袭。我的孩子满脸羞愧与不安，在真诚地忏悔她的过错，我难道还要再恐吓她吗？

我把我的女儿抱在怀里。我用双臂把她紧紧抱在怀里，用加倍的力气，混合狂乱的野性与原始的温情。她哭泣着，她哽咽着。

她是如何独自保守秘密的？一想到这个孩子整天提心吊胆，使出浑身解数要隐瞒真相，头晕时自己一个人承担，还要帮我照料这一大群烦心的孩子，我就心痛，我就难过得不能自已。

一种超然的力量使我振作起来。勇敢点！阴影最终会散去。

勇敢点！萤火会聚成光明。在混乱的思绪中，我下定决心，要帮助她、保护她。我一遍遍擦干她的眼泪，一次次抚摸她的头发，她渐渐变得坚强起来。

从明天开始，小阿伊萨杜就要去做产检。

法玛塔惊呆了。她以为我会哭天抢地，我却朝她微笑。她以为我会严厉斥责，我却给她安慰。她以为我会威胁恫吓，我却宽恕以对。

显然，法玛塔永远都不知道我会如何应对，也无法想象一个错误居然会不了了之。她曾幻想阿伊萨杜的婚礼将奢华无比，以弥补我当年的遗憾。我们还是年轻姑娘时，法玛塔就喜欢如影随形般粘着我。她常常赞美你，是的，是你，阿伊萨杜，她相信你会在小阿伊萨杜未来的婚礼上给她一大笔钱。菲亚特的事刺激了她的欲望，她总觉得你腰缠万贯。她幻想会有盛大的庆典，可如今新娘却要嫁给一个身无分文的穷学生，也很可能对她不抱多少感激之情。她指责我过于冷静。

"你尽生些女孩。你的态度应该坚决，让女孩们引以为戒。你看着吧。如果说阿伊萨杜都干了'这事'，那还不知道你的抽烟'三剑客'会干出些什么来呢。你就尽宠着你的女孩吧，拉玛杜莱，你看看会出什么事。"

我的确要好好看看，我叫易卜拉依玛·萨勒第二天来家里见我。

第二十五章

萨 勒

易卜拉依玛·萨勒如约到来。我欣赏他的准时。

他身材高大，衣着朴素，外表整体而言充满魅力。他双眼迷人，目光柔和，在长睫毛的映衬下如宝石般明亮。他的眼睛应该长在女人脸上……笑容也是如此。我的目光最后停留在他的牙齿上。没有象征背叛的缝隙。易卜拉依玛·萨勒举止从容大方，如年轻的唐璜般充满诱惑力。他齐整的外观、利落的短发、剪短的指甲、光亮的皮鞋，这些都让我松了一口气之余又心生好感。他应该是一个可信的男人，不会耍什么花招。

虽然是我提议见面，他却主导了对话。

"好多次我都想找您谈谈。我知道对一个母亲而言，女儿意味着什么。阿伊萨杜常和我说起您，说起你们之间的感情，我仿佛早已与您相识。我不是猎艳者。您的女儿是我的初恋，我希望她也会是我这辈子唯一的爱人。我很抱歉发生了这样的事。如果您同意，我想要娶阿伊萨杜为妻。孩子生下来以后会由我母亲照料，我们俩则会继续学业。"

他三言两语就把我要听的话都说完了。应该怎么回答呢？难道就这么轻易答应他的求婚吗？法玛塔正如临深渊般旁听我们的对话，此刻忍不住问道：

"是你先主动追求的，对吗？"

"是的。"伊巴承认道。

"那么，回去告诉你母亲，明天，我们，或者我一个人，会去你家，告诉她你干的好事。她得好好存钱，补偿我的侄女。话说回来，你就不能等到挣了钱再来追求女孩子吗？"

易卜拉依玛·萨勒任由格里奥上下打量，没有流露出丝毫被冒犯的神情。也许他早已听说过法玛塔的性格脾气，所以用礼貌的沉默来应对一切。

我所担心的另有其事。现在学期过半，应该如何处理才能避免我女儿被学校开除！

我把所忧之事告诉伊巴。他也考虑过这个问题。孩子很可能会在暑假过半时出生。关键是不要自乱阵脚，而是让时间悄悄流逝，让阿伊萨杜穿宽松的裙子。等到下学期开学，孩子差不多两个月大。阿伊萨杜就可以念高三，高中毕业后再举行婚礼。

我女儿的男友说话条理分明，就像达芭一样思路清晰。

易卜拉依玛·萨勒，他不会有任何被大学开除的危险。甚至就算他是个高中生，学校里又有谁会知道他即将成为父亲呢？他的外表不会发生任何变化。他的肚子一直都是"平的"……而我女儿的肚子却会鼓起来，会招致怀疑。

如果没有暑假可以用来掩盖异样，那些犯了错的女高中生是否能得到仁慈的帮助？

我对这些安排没有异议。那一刻，我感到女儿脱离了我的身体，就好像我又一次把她生到这个世界上。她不再受我的羽翼庇护，开始更多地属于她的丈夫。我看到一个新的家庭诞生了。

我黯然接受角色的退位。成熟的果实终究要从树上落下来。

愿真主保佑这个孩子在崭新的人生之路上一切顺利。

可是，这是一条怎样的路啊！

第二十六章

教　育

阿伊萨杜，日子又回到了原来那种令人安心的步调。我的心脏就像往常一样在胸腔里跳动，我多么喜欢感受这种缓慢又单调的节奏啊！一个新成员正试图融入这个家庭。

易卜拉依玛·萨勒天天都来，给家里的每个人带一点力所能及的礼物：给马沃多·法勒，他带来的是讨论论文主题时的清晰逻辑；给乌玛尔和乌斯曼，他定期带来巧克力；他还会参与马利克和阿里乌那的游戏，不嫌他们幼稚，他们的游戏地点已经从街上改到了院子里。

马利克的胳膊还打着石膏。但只要脚没断，他就会继续踢球。

然而"三剑客"（阿哈姆、雅欣、迪耶娜巴）拒绝接受他。她们会礼貌地打招呼，但不含一丝亲热。她们对他的邀请满怀敌意，因为她们记恨他把……

易卜拉依玛·萨勒把阿伊萨杜的课业盯得很紧。他希望女友获得成功，不想看到她的学业退步，而自己是罪魁祸首。阿伊萨杜的成绩日渐进步，坏事有时也会催生好事。

法玛塔很难接受易卜拉依玛·萨勒，认为他"厚脸皮""不知羞耻"。一有机会，她就要告诫他："客人怎能来解主人家养的羊？①"

易卜拉依玛·萨勒安之若素，一直试图融入这个家庭。他常来陪我，与我谈论时事，有时给我带些报纸和水果。他的父母从法玛塔那儿得知了消息，也曾来看望我们，同时又牵挂着阿伊萨杜的健康。日子又回到了原来那种令人安心的步调。

我嫉妒你只生了男孩！你无法想象女孩的问题是多么让母亲揪心。

我最终决定着手性教育。你的同名女孩，阿伊萨杜，她的事情大出我所料。从现在开始我要采取预防措施。我的教育对象首先是"三剑客"，双胞胎年纪还小。

你不知道我犹豫了多久！我不希望女孩们全副武装，不识肉体的欢愉，因为事实与此相反。以前的母亲教导女儿洁身自好，严厉地谴责任何婚姻之外的"戏耍"。

现代的母亲则偏爱"禁忌的游戏"，教育女儿如何避免损失，甚

---

① 意为客人不应该掺和主人家里的事。

至教育她们做好预防措施。她们为孩子自由自在地恋爱铺平了道路，扫除了一切障碍！我逼自己成为现代的母亲。

但我仍坚持女孩们要意识到自己的身体是多么宝贵。我坚持向她们说明性行为具有崇高的意义，是爱情的体现。虽然有避孕措施，但并不意味着她们就可以放任本能去寻欢作乐。人与动物最大的不同，就是人有自制力，能理性思考，能做出选择，会产生强烈的爱恋。

女人可以走自己想走的路，但一个放荡的女人不符合社会道德标准。我反复叮嘱，倘若放纵肉体的欢愉，就必定会导致过早的衰老与道德的败坏。

面对三个听众，我难以启齿。在场的人当中，我表现得最不自在，"三剑客"的脸上没有流露出丝毫惊讶的神情。我断断续续的话没有引起任何特别的关注。我感觉自己是在推一扇已经打开的门。

"三剑客"也许早就懂了……一阵沉默……然后她们离开了。

我轻吁一口气，仿佛卸下重担。我感觉自己在一条狭窄黑暗的隧道里走了许久，终于见到了光明。

第二十七章

归　来

明天见，我的朋友。

我们会有足够的时间相聚，阿伊萨杜，因为我获准延长了丧假。

我思考着。我的头脑游戏你已经很熟悉了……我无法抑制自己向你倾诉的冲动，虽然要说的我已经在信里都说了一遍。

妇女解放浪潮波涛汹涌，席卷全球，对此我不可能无动于衷。这种撼天动地的气势表现在各个领域，展示并突显了我们妇女的能力。

每当有妇女从阴影中走出来，我的心都雀跃不已。我知道已取得的成绩需要巩固，未来的征战也绝非一帆风顺：社会的约束仍在拖累女性的脚步，男性的自私也仍在苟延残喘。

男性有的把女性看作工具，有的视其为诱惑；有的尊重女性，有的贬抑女性。女性常被迫沉默，所有人的命运在宗教与法制的滥用下都几乎如出一辙。

我的思考集中在生命问题上。我分析那些会影响未来的决定，通过了解全球时事扩大视野。

我仍然坚信男女间的互补不仅必要，而且不可避免。

爱情，尽管其内涵与表达都无法做到尽善尽美，却是两个灵魂间最自然的连接方式。

相爱！倘若每个生活伴侣都互相真诚以待；倘若彼此都尝试融入对方；倘若彼此分享成功的喜悦、失败的沮丧；倘若能欣赏对方的优点，而非细数缺点；倘若能帮助对方改掉陋习，而非加重其负担；倘若能深入对方最隐秘的心底，察觉衰弱的迹象，抚慰无声的伤痛，那该多好啊！

夫妻间的和谐才能带来美满的家庭，正如不同乐器之间的协调配合才能演奏出美妙的交响曲。

无论富有还是贫穷，团结还是破碎，清醒还是糊涂，所有的家庭汇聚在一起，才构成了国家。而一个国家能否获得成功，也最终取决于每个家庭。

你的儿子们为什么没有陪你回来？啊，是因为学业……

那么，明天，你会穿什么样的衣服出现在我面前？西式套装还是传统长裙？我和达芭打赌，说你一定会穿西式套装。你已经习惯了异乡的生活，我猜你会要——我又和达芭打赌——桌椅、餐盘和刀叉。

你会说那样更方便。但我可不惯着你。我会给你铺一张席子，上面放个大碗，装着热腾腾的食物，你得和其他人一样伸手去抓。

穿了多年的盔甲保卫自己，你也许会对此不满，抱有怀疑，也许会洒脱大方，从容应对，可我期盼看到你在面具下的动容。我想和过去一样，与你漫无边际地聊天，听你的驳斥或鼓励。我想和过去一样，与你一同探索未知的新路。

我已经告诉过你，我仍愿继续探索我的人生。即便历经种种欺瞒与侮辱，我仍心怀希望。从肮脏恶心的腐殖土里长出来的是青翠的绿植，我感到胸口已经冒出了新芽。

幸福就像花儿一样，总是能找到盛开的地方，不是吗？我会继续寻找幸福。我该停下来了，我居然给你写了一封如此长的信……

拉玛杜莱

浙江师范大学外国语学院
"非洲人文经典译丛"

百年来，非洲的文化思想飞速革新，知识分子既尽力重现往日历史传统的光辉，又在全球化的碰撞下迸发出新的思想火花，在文化领域留下了不可磨灭的思想印记。非洲大陆为世界贡献了许多杰出的文学家、思想家、政治家等。在中非合作越来越紧密的今天，人文领域的相互理解也变得越来越迫切，需要双方学者进行全方位、深层次、多角度的系统研究。

浙江师范大学外国语学院拥有国内高校首个非洲文学研究中心。中心旨在搭建学术平台，深入战略合作，积极服务于中非文化的繁荣与传播，为推进中非学术和文化交流做出新贡献。

国内首套大型"非洲人文经典译丛"以"20世纪非洲百部经典"名单为基础，分批次组织非洲文学作品及非洲学者在政治学、社会学、哲学、人类学等领域的重要专著的汉译工作，在此过程中形成一个高效实干的学术团队，培养非洲人文社科领域的译介与研究人才，构建具有中国特色的非洲文学研究学术话语体系。

浙江师范大学非洲研究院
"非洲研究文库"

 非洲大陆地域辽阔，国家众多，文化独特。近年来，中国与非洲国家的交往合作迅速扩大，中非关系的战略地位日益重要。目前，中非关系已超出双边关系的范畴而对世界产生多方面的影响，成为撬动中国与外部世界关系的一个支点。

 浙江师范大学非洲研究院是国内高校首家成立的综合性非洲研究院，创建的目标在于建构一个开放的学术平台，聚集海内外学者及有志于非洲研究院的后起之秀，开展长期而系统的研究工作，以学术服务于国家与社会。

 "非洲研究文库"是浙江师范大学非洲研究院长期开展的一项基础性、公益性工作，秉承非洲研究院"非洲情怀，中国特色，全球视野"之治学理念，并遵循"学科建设与社会需求并重，学术追求与现实应用兼顾"之编纂原则，由国内外知名学者、相关人士组成编纂委员会，遴选非洲研究领域的重大重点课题，以国别和专题之形式，集为若干系列丛书逐步编撰出版，形成既有学科覆盖面与知识系统性，同时又重点突出各具特色的非洲研究基础成果，为中国非洲研究事业之进步，做添砖加瓦、铺路架桥之工作。